Autor und Herausgeber: Uwe Bernd Brandl

Lektorat: Regina Stein | Layout: Bärbel Oberhagemann

Verlag, Layout und Druck: Kastner AG – das Medienhaus

Schloßhof 2 – 6 | 85283 Wolnzach | www.kastner.de

1. Auflage 2020

ISBN 978-3-945296-86-8

Gesetzt in Lemon sans/serif

Nachdruck, auch auszugsweise, nur mit Genehmigung des Autors.

UWE BRANDL

DER
GENESIS-PAKT

EINE KRIMINOVELLE

INHALT

Eine ganz normale Familie	9
Die erste Begegnung: Wirklich nur ein Zufall?	18
Arbeitstreffen mit Folgen	20
Ein Plan mit weitreichenden Folgen	27
Eine Überraschung	33
Ausflug	41
Fahrt ins Blaue	54
Genussvoller Törn	63
Schreckliches Ende	70
Ein feiger Mord – oder mehr?	79
Ein simpler Einbruch?	103
Viele Fragen	109
Auf nach Italien	114
Warum denn nur zum Gardasee?	142
Ein Treffen voller Überraschungen	162
Ein Ort mit Geschichte und Hintergrund	170
Bewusster Seitenwechsel	175
Atemberaubende Aussichten	178
Zufälle gibt es nicht	181
Das Unmögliche gibt es doch	184
Ein Zwischenstop bei „Freunden"	188

Ein krimineller Onkel	191
Der Palast	196
Nicht jeder Mord ist tödlich	204
Sackgassen gibt es nicht	213
Das Geheimnis der Schöpfung	218
Ein Ende mit Anfang	222
Eine große Familie mit Unbekannten	226
Abschied ist immer auch Anfang	234
Epilog	239
Danksagung	240
Abkürzungsverzeichnis	242
Uwe Brandl	243
Literarische Veröffentlichungen	244

DIE PROTAGONISTEN

Peter Kramer, Architekt

Karin Kramer, geb. Mattisek, Peters Ehefrau

Pauline Kramer, die Tochter der beiden

Theo Mattisek, Paulines Opa

Hans Reichmann, alias Erich Mattisek alias Hans Bauer

Jakob Brenner, Oberleutnant im MAD und Kramers Adjutant

Adam Wallner, Generalfeldmarschall ODESSA

Erich Kammerlander, Mitglied des Inneren Zirkels ODESSA

Paul Schrader, Mitglied des Inneren Zirkels ODESSA

Matteo Cazzano, Mafiaboss

Heinrich Virneburg, Oberst im MAD

EINE GANZ NORMALE FAMILIE

Pauline war eine attraktive junge Frau von siebzehn Jahren. In ein paar Wochen würde sie Geburtstag feiern. Endlich volljährig, frei von den Fesseln der Gängelungen, die Jugendliche durch ihre Erziehungsberechtigten gewöhnlich erdulden müssen.

Was ihre Erfahrung mit der Männerwelt betraf – der Richtige war jedenfalls bisher nicht dabei gewesen. Aber er würde schon noch kommen. Das zu wissen, war sie selbstbewusst genug. Klar hatte sie schon ausprobiert, wie sich Beziehungen anfühlen: Bastian, ein Klassenkamerad, hatte als Versuchssubjekt herhalten müssen. Das war vor einem halben Jahr gewesen. Der wollte dann mehr als sie. Und was ihr zu viel wurde, entsorgte Pauline ebenso höflich wie gnadenlos. Freunde waren sie trotzdem geblieben.

„Was hängst du hier so rum? Ich dachte, du bist mit Basti und den anderen am See", hatte sie ihr Dad an einem warmen Sonntagvormittag gefragt.

„Nö, mir ist heute nicht nach Gruppenbespaßung."

„Was? Du konntest das Wochenende doch gar nicht erwarten. Jetzt bei dem schönen Wetter drinnen rumzuhängen find ich nicht besonders spannend. Bist du krank?"

„Nein, alles ok. Mach dir keinen Kopf. Ich habe einfach keinen Bock heute."

Paulines Dad schüttelte den Kopf. „Was hältst du davon, wenn wir heute gemeinsam was unternehmen? Ich hab keine Termine und würde mich sehr freuen, meine hübsche Tochter auszuführen."

„Das hört sich doch gut an. Vuoi un caffè?", trällerte Pauline vergnügt.

„Si, grazie, molto gentile. Un doppio per me, come sempre", antwortete er.

Es würde ein toller Tag werden. Ein Tag, der nur ihnen beiden gehörte. Peter Kramer sah seiner Tochter lächelnd nach, als sie in der Küche verschwand. Er hörte das Klappern der Tassen und gleich darauf das Brummen der Espressomaschine, die er bei einem seiner zahlreichen Italienurlaube in einem kleinen Kaffeegeschäft in Malcesine erstanden hatte.

„Una macchina meravigliosa", hatte ihm die Verkäuferin verschworen zugezwinkert. „Diese Kaffee werden Sie lieben – wie die Menschen, die ihn mit Ihnen trinken". Als Dreingabe hatte er ein geheimnisvoll verziertes Päckchen mit einer Sonderröstung erhalten. Eigenproduktion nach einem alten Familienrezept. Und wirklich: Dieser Kaffee schmeckte wie ein orientalisches Märchen aus 1001 Nacht.

„Den gibt es nur zu besonderen Anlässen", hatte seine Tochter nach ihrer ersten gemeinsamen Tasse entschieden. „Er muss so lange halten, bis wir wieder einmal gemeinsam zum Gardasee fahren."
Wie lange ist das nun schon her?, dachte er versonnen.

„Un doppio per te, prego!", riss ihn Pauline aus der Vergangenheit. Er sog das unverwechselbare Aroma des Getränks ein.

„Ist heute ein besonderer Tag oder warum kredenzt du mir unseren edelsten Tropfen?"

Pauline grinste breit. „Weißt du, Paps, wenn du mal deine kostbare Zeit für mich opferst, ist das für mich immer etwas Besonderes." Ihre stahlblauen Augen sprühten vergnügt. „Außerdem hast du dich für einen Mittvierziger ganz passabel gehalten. Mit dir an der Seite kann man auch in meinem Alter ganz passabel Staat machen. Ich freue mich einfach wie ein Schnitzel auf einen Tag mit dir auf dem See. Du magst doch auch an den See, oder? Es ist noch früh, in einer Stunde wären wir am Boot. Das Wetter ist herrlich und der Wind gerade richtig."

„Du willst mit deinem alten Herrn segeln gehen, echt? Ich freu mich, klar machen wir das! Ich hab dir eh was zu erzählen."

„Na, da bin ich gespannt, hoffentlich ist es was Gutes. Aber jetzt trödle nicht rum, alter Mann. Packen! Abmarsch in einer halben Stunde!"

Ehe er reagieren konnte, nahm Pauline ihrem überraschten Vater die Kaffeetasse aus der Hand und stellte sie in den Geschirrspüler. Nach einem prüfenden Blick auf die Kleiderberge auf dem Sofa ging sie in ihr Zimmer und packte die Segelklamotten in den olivfarbenen Tagesrucksack, der sie bei ihren Ausflügen und Badetouren stets begleitete. Er hatte ihrer Mum gehört.

Die blöde Kuh hatte sich vor ein paar Jahren einfach über Nacht vom Acker gemacht. Vor drei Jahren erreichte Pauline dann eine Karte aus Bali. „Frohe Weihnachten, hoffe, es geht euch gut. Hier ist es super. Liebe Grüße, Karin."

Keine Entschuldigung, kein Ansatz einer mütterlichen Regung. „Liebe Grüße, Karin. Das Weib kann mir gestohlen bleiben", hatte Pauline gezischt. „Soll sie doch zur Hölle fahren, diese ..."

Peter Kramer hatte die Karte mit versteinerter Miene gelesen und Pauline danach fest in die Arme genommen. Pauline war, als würde sich ihr Vater wie ein Ertrinkender an sie klammern. Mit aller Kraft, einen Felsen suchend, der Halt gibt, um nicht ins Bodenlose zu stürzen.

Damals war sie knapp fünfzehn gewesen und ab diesem Moment nicht nur die Frau im Haus, sondern für ihren Vater wirklich der Fels in der Brandung. Von ihrer Mutter hatte sie seither nichts mehr gehört. Das Scheidungsurteil wurde ihnen vergangenen April von einer Anwaltskanzlei aus Indonesien übermittelt, für die Karin offenbar arbeitete.

Die Beziehung zu ihrem Vater war – nicht nur, aber besonders seitdem – etwas Besonderes. Zwischen ihnen gab es nicht das übliche Vater-Tochter-Zickenkrieg-Melodram, das sich in den Familien ihrer Freundinnen abspielte. Sie fand ihren Dad cool und Opa Theo sowieso. Pauline war es dabei einerlei, dass ihre Freundinnen die Augen verdrehten, wenn sie sahen, wie Vater und Tochter miteinander umgingen.

Karin – Karrierefrau und Mutter

Karin Kramer war eine typische Karrierefrau. Brillante Zeugnisse, Englisch und Französisch fließend. Mit 28 Fachanwältin für internationales Recht und Wirtschaftsprüferin. Eine erfolgreiche und zudem attraktive Frau, in jeder Beziehung auf Erfolgskurs – aber immer gehetzt und „busy", wie sie es nannte.

Bisweilen hallte das hektische Klick, Klick, Klick immer noch in Paulines Ohren, das die Highheels ihrer Mum auf dem Fußboden aus Juramarmor verursachten, der im ganzen Haus verlegt war.

„Peter kannst du die Kleine zur Kita bringen? Ich bin zu busy. Peter, macht's dir was aus, die Kleine heute vom Ballett zu holen, ich bin busy!"

Karin Kramer war hip. Eine Stilikone mit exzellentem Geschmack. Aber Karin Kramer war eines sicher nicht: Mutter. Warum sie sich überhaupt jemals mit Peter Kramer zusammengetan hatte, war und blieb Pauline immer ein Rätsel.

Peter – Praktisches Genie und Vater

Klar, ihr Dad sah gut aus, war drahtig, sportlich und großgewachsen. Die strahlendblauen Augen hatte sie von ihm, den schwarzen Wuschelkopf von ihrer Ma. Peter war ein geschätzter, kreativer Kopf. Ein begnadeter Architekt, der sich vor allem mit der Sanierung denkmalgeschützter Bauten national wie international einen Namen gemacht hatte.

Trotzdem war er mehr als der vergeistigte Intellektuelle. So manches Möbelstück stammte nicht nur von seinem Reißbrett, sondern war tatsächlich von ihm in seiner privaten Werkstatt, die er sich im Keller der Villa eingerichtet hatte, hergestellt worden – in wochenlanger Arbeit, passgenau, ausgewogen, schön.

Er liebte es, selbst etwas zu schaffen und zu konstruieren. Vielleicht war es ja diese Kreativität und die ihm eigene Bescheidenheit, die Karin so anziehend gefunden hatte. Oder einfach das schöpferische Genie, das in Peter Kramer steckte.

Theo – Grandseigneur und Opa

Kein Zweifel, Theo Mattisek hatte seinen Schwiegersohn aus tiefstem Herzen gern und hielt große Stücke auf ihn. Opa Theo hatte es in der Möbelbranche zu ansehnlichem Vermögen gebracht. Er besaß nicht nur diverse Patente, sondern auch mehrere Manufakturen, die sich auf aufwändige Inneneinrichtung spezialisiert hatten. Er lieferte hochpreisige, handgemachte Möbel in stilsicheren Kombinationen – der zahlungsfähige

Kunde musste nichts tun außer genießen. Theos Tochter hatte mit Design und Avantgarde nichts am Hut, es sei denn, es ging um Kleidung oder modische Accessoires. Umso mehr freute sich Theo über Peters Leidenschaft.

Auf einer Party waren sie zufällig aufeinandergetroffen. Peters damaliger Chef hatte Mattisek von einem Auftrag gekannt und die beiden einander bei einem Festakt, zu dem sie eingeladen waren, vorgestellt. Peter war eher introvertiert und scheute derartige Gesellschaften, aber zu Theo Mattisek war völlig unkompliziert sofort eine Verbindung entstanden, wie von selbst, ohne jede Verkrampfung oder Überwindung. Dieser Mann faszinierte ihn vom ersten Augenblick an.

Bestimmt hundertmal hatte er Pauline von dieser ersten Begegnung erzählt, und seine Tochter war immer wieder gefesselt von seinen lebhaften Erzählungen und Beschreibungen.

„Dein Opa war schon immer eine echte Erscheinung. Er trug auch damals vorzugsweise graue Anzüge mit weißem Hemd, auffälligem Binder und passendem Einstecktuch. Konservativ, aber gediegen, und dabei kein bisschen überheblich", erinnerte sich Peter Kramer.

Für Pauline war Opa Theo einfach zeitlos. Seit sie sich zurückerinnern konnte, schien er sich nicht verändert zu haben. Er war trainiert und sportlich, spielte leidenschaftlich Tennis und fuhr Rennrad – und zwar so, dass manchem jungen Sportler schwindelig geworden wäre. Aber was noch viel wichtiger war: Er konnte zuhören. Besser als jeder andere, den Pauline bisher getroffen hatte.

Oma Luise hatte Pauline nie kennengelernt. Sie war bei einem Autounfall ums Leben gekommen, lange bevor Pauline geboren wurde. Ihre Ma war noch sehr jung, als das Unglück geschah. Luise Matisseks Familie lebte damals auf Sizilien. Alle sprachen in Ehrfurcht und Anerkennung von ihr. Sie war den Erzählungen zufolge eine überaus charmante, gebildete Frau mit einer starken Persönlichkeit gewesen.

Opa Theo sprach nicht viel über seine verstorbene Frau, aber man merkte, wie sehr er sie vermisste.

„So stell ich mir wahre Liebe vor", hatte Pauline zu ihrem Vater gesagt, als sie bei einer ihrer weitschweifigen Vater-Tochter-Unterhaltungen auf Theos Einsamkeit zu sprechen gekommen waren.

„Echte Liebe verbindet über den Tod hinaus. Nichts und niemand kann sich mit ihr messen", hatte Pauline ungewohnt pathetisch festgestellt.

Peter Kramer war über den Tiefsinn seiner Tochter verblüfft gewesen.

DIE ERSTE BEGEGNUNG: WIRKLICH NUR EIN ZUFALL?

War es an jenem Abend der ersten Begegnung zwischen Theo Matissek und Peter Kramer wirklich nur das Schicksal, das die beiden zusammenführte?

Schon nach den ersten gewechselten Sätzen hatte Theo Peter gebeten, sich doch zu ihm zu setzen. Er erzählte dem jungen Mann von seinem derzeitigen Projekt, das darin bestand, eine Palladio-Villa nahe Vicenza für einen Freund, der das herrliche alte Gebäude von einem entfernten Verwandten geerbt hatte, einzurichten. Peter fragte interessiert nach, und Theo zeigte ihm auf seinem Smartphone Fotos.

Peter war sofort begeistert von der wunderschönen Villa, die sich auf einer leichten Anhöhe inmitten eines prächtigen Gartens befand. Und er erkannte er mit einem Blick, dass das wertvolle Bauwerk ziemlich unfachmännisch restauriert worden war. Anfangs vorsichtig und zurückhaltend, dann immer leidenschaftlicher erklärte er

Theo, wie die begangenen Bausünden mit einigen wenigen, aber wirkungsvollen Maßnahmen ausgemerzt werden könnten.

Dieser hatte dem jungen Mann aufmerksam und fasziniert zugehört, unterbrach ihn aber jetzt: „Ein Problem beschäftigt mich entscheidend. Vielleicht haben Sie auch dazu eine Lösungsidee", bemerkte er vorsichtig.

„Und das wäre?", fragte Peter gespannt.

„Mein Auftraggeber stellt sich ein einzigartiges Badezimmer vor – in diesem Zimmer, frei von jedem Charme. Ich bin ziemlich ratlos." Mit dieser Bemerkung legte er Peter die Aufnahme eines kahlen, etwa 40 qm großen Raums vor, der aus tristen Betonwänden und einem einfallslosen, schwarz-weißen Kachelfußboden bestand.

Auf der Südseite befanden sich drei hohe, schmale Fenster. Dahinter lag, wie Peter aus den anderen Aufnahmen ableitete, der üppige Garten. Sofort schoss ihm ein Gedanke durch den Kopf.

„Herr Mattisek, hätten Sie etwas dagegen, wenn ich Ihnen – natürlich völlig unverbindlich – bis morgen einen Vorschlag dazu unterbreite?"

„Einen Vorschlag wozu, Herr Kramer?"

„Einen Vorschlag zur Lösung Ihres Problems. Ich möchte nicht aufdringlich sein, aber mich reizt die

Vorstellung, einem Palladio-Bau ein wenig Kramer'sches Blut einzuhauchen."

Herr Mattisek lachte laut auf. „Schau an, schau an, junger Mann. An Selbstbewusstsein scheint es Ihnen nicht zu mangeln. Also gut, morgen um neun Uhr Arbeitsfrühstück bei mir. Seien Sie pünktlich! Ich hasse Zuspätkommen. Ein Erbe meiner Vorfahren, lauter Soldaten." Theo verdrehte scherzhaft die Augen. „Also dann bis morgen, Herr Kramer. Hat mich wirklich gefreut, Sie kennenzulernen. Ich dachte schon, es würde wieder einer dieser öden Abende werden … Hier noch meine Adresse." Mit einem festen Händedruck und einer stilvoll gestanzten Visitenkarte verabschiedete sich Theo Matissek von seinem neuen Bekannten.

ARBEITSTREFFEN MIT FOLGEN

Peter Kramer drängte es an diesem Abend nach Hause. Er wusste genau, was er aus diesem tristen Raum machen würde, und sein Gedankenkarussell um immer neue und raffiniertere Ideen stand nicht mehr still. Als er am nächsten Morgen Punkt neun den Klingelknopf aus massiver Bronze am großzügigen Anwesen im Einsteinweg 10 drückte, öffnete ihm eine fröhliche junge Dame mit schwarzem Kraushaar. Sie trug Tenniskleidung und schien in Eile zu sein.

„Oh hallo, Sie sind bestimmt Herr Kramer! Dad wartet drinnen auf Sie. Sie haben den alten Herren ja mächtig beeindruckt, das ist nicht leicht! Aber nun herein mit Ihnen! Immer geradeaus, ist nicht zu übersehen." Während sie schwungvoll nach der Tennisbag griff, die hinter der Tür stand, setzte sie ihren Redeschwall fort: „Ich muss dann mal los, manche Dates warten nicht ... Ach so, ich bin die Tochter, Sie können Karin zum mir sagen. Ich denke, wir sehen uns jetzt öfter. Also dann ..." Sie schulterte ihre Ausrüstung und schwirrte mit einem über die Schulter geworfenem „Tschüs Paps!" aus dem Haus.

Peter war sprachlos. Er dachte: „Wer, was war das? Ein Wirbelwind! Aber ein verdammt hübscher!"

„Nur herein, kommen Sie, der Kaffee wartet schon", holte ihn Theos Stimme in die Realität zurück. Der Flur, der in den offenen Wohntrakt führte, war nicht üppig, aber sehr geschmackvoll ausgestattet. Zeitlos, phantastisch. An den Wänden hingen eine umfangreiche Sammlung von

Manfred Sillner und drei Ölgemälde von Angerer dem Älteren. Auch einen Warhol konnte er ausmachen. Er schien echt. Auserlesen und kostbar, urteilte Peter.

In der weißgekalkten Wohn-Essküche saß Theo Mattisek an einem großen, hell polierten Ahorntisch und forderte Peter mit einer einladenden Geste auf, ihm gegenüber Platz zu nehmen. Mattisek trug eine leichte, graue Sommerhose und passende braune Wildlederschuhe. Ein Halstuch steckte modisch im offenen Hemd. Der Kaffee roch verführerisch und der Tisch war voll von Köstlichkeiten, die ein üppiges Frühstück garantierten.

„Pünktlich, Herr Kramer. Das schätze ich."

Peter griff zu seiner Planrolle, um seine Entwürfe zu präsentieren. Er hatte alles bis ins letzte Detail ausgearbeitet und konnte es kaum abwarten, die Reaktion des Älteren zu sehen.

„Erst wird gegessen, junger Mann. Mit leerem Magen arbeitet mein Hirn nämlich nicht. Greifen Sie zu. Möchten Sie ein Ei?"

„Nur, wenn es keine Umstände macht."

„Macht es, aber das macht nichts. Ich will nämlich auch eins. Wie hätten Sie es gern?" Mattisek stand schon am Herd und gab Öl in die kleine Pfanne, die bereitstand.

„Upside down bitte und das Gelb noch weich."
„Oha, ein Gourmet!"
„Nö, ich mag, nur den Schlodder nicht, der beim Spiegelei nahezu unvermeidbar ist", antwortete Peter.

„Mein Spiegelei ist garantiert schlodderfrei", grinste Matissek zurück, „vertrauen Sie mir!"

Der Kaffee schmeckte vorzüglich, wie auch das Spiegelei und der knusprig gebratene Speck. So ausschweifend hatte Peter schon lange nicht mehr gefrühstückt. Auch die Unterhaltung, die er mit seinem Gastgeber führte, war angenehm kurzweilig. Was er zunächst gar nicht bemerkte war die Tatsache, dass Mattisek das Gespräch so geschickt führte, dass er nach kurzer Zeit die gesamte Lebensgeschichte seines talentierten jungen Mannes kannte, ohne ihm das Gefühl vermittelt zu haben, er wolle ihn ausfragen.

Peter Kramer, geboren am 22. April 1973, Sternzeichen Stier. Abitur nach einer lateinbedingten Ehrenrunde 1992 mit einem Schnitt, der ihm ein Stipendium einbrachte. Vater mit 17 Jahren verloren, Mutter mit 23. Der jüngere Bruder Klaus war nach seinem Biochemiestudium zu Bayer in die Forschung gegangen und lebte seit 2006 in Südamerika. Der Kontakt zu ihm war nicht nennenswert.

Peter hatte früh gelernt, auf eigenen Beinen zu stehen. Anderen zur Last zu fallen war nicht sein Ding. Nach dem Abi hatte er sich trotz des Kopfschüttelns seiner Freunde entschieden, für zwei Jahre bei der Bundeswehr Dienst zu tun. Anfangs plante er, dort vielleicht auch zu studieren – für Medizin hatte er immer ein großes Faible gehabt. Aber er ließ es, dem Rat der Mutter folgend.

Kramer machte bei der Bundeswehr nicht nur eine schnelle Karriere, sondern auch Erfahrungen, die ihn letztlich dazu veranlassten, den aktiven Dienst zu quittieren. Dennoch stellte er sich als Reservist zur Verfügung. Die für einen Zeitsoldaten unvermeidbaren Auslandseinsätze hatten Peter gefordert. Er sprach nicht gerne darüber.

Warum er sich letztlich für ein Studium der Architektur entschieden hatte, wusste er selbst nicht genau. Vielleicht waren es die zerschossenen und zerbombten Häuser gewesen, die mit dem entsprechenden Geschick wiederhergestellt werden konnten – und zwar vollständig. Anders als die an Körper und Geist zertrümmerten Menschen, denen die Kriege nichts gebracht hatten außer unendlichem Leid.

Die Medizin blieb Peter Kramers Leidenschaft. Er verschlang aus schierem Interesse einschlägige Fachliteratur, wusste aber auch um die Begrenztheit der medizinischen Möglichkeiten. Wo der Herr ein Ende setzt, ist der Mensch machtlos.

Seine Kreativität brachte Peter mühelos voran. Das Stipendium der Adenauer-Stiftung, der Sold, den er in den Semesterferien für die Wehrübungen einstrich, seine Rücklagen und die Waisenrente, die er bis zum Abschluss seines Studiums bezog, reichten ihm völlig aus. Er konnte sich auf seine Ausbildung konzentrieren, ohne während des Semesters zusätzlich jobben zu müssen.

Mit 27 Jahren hatte Kramer sein Diplom in der Tasche und führte den Dienstgrad eines Majors der Reserve. Sein Bataillonschef, Oberst Heinrich Virneburg, dem er besonders ans Herz gewachsen war, hatte bis zuletzt versucht ihn für die Bundeswehr zurückzugewinnen. Virneburg war es auch, der ihm seinen ersten Job in einem Architekturbüro in München vermittelt hatte. Es gehörte dessen Bruder.

„Versau mir den Burschen nicht, Norbert. Eigentlich hast du Peter gar nicht verdient. Aber so bleibt er gewissermaßen in der Familie", hatte Heinrich Virneburg seinem Bruder den jungen Architekten vorgestellt.

„Ja, dem Bund habe ich einiges zu verdanken", murmelte Peter Kramer in Gedanken. „Viel Positives, aber auch Negatives."

„Zum Beispiel?", wollte Theo Mattisek mit wachen Augen wissen.

Peter nahm einen Schluck Kaffee. „Zum Beispiel die Erfahrung, was echte Kameradschaft ist. Aber auch, wie einsam einen der Beruf machen kann. Als Soldat musst du damit fertig werden, dass sich Freunde von dir abwenden, nur weil du Soldat bist, und ..." Er stockte.

„Und?", fragte Theo Mattisek nach.

„... und auch nicht davor zurückschrecken, dir deine Freundin auszuspannen." Kramer starrte in seine Kaffeetasse. Der Gedanke an Eva, seine erste große Liebe, schmerzte immer noch. Auch nach so langer Zeit und so vielen Frauenbekanntschaften. Eine feste Bindung hatte er seitdem nicht mehr aufbauen können.

„Ach was, papperlapapp", riss ihn Mattisek aus den trübseligen Gedanken. „Erstens sind das keine Freunde, die sich von jemandem abwenden, der sich für sein Land einsetzt, sondern Idioten. Und zweitens: Auch andere Väter haben hübsche Töchter", dabei zwinkerte er Peter verschwörerisch zu.

„Danke für Ihre Offenheit, sie erklärt mir einiges – nicht nur Ihre militärische Pünktlichkeit. Auf Ihrer Homepage habe ich gelesen, dass Sie gerne segeln, bergsteigen und radfahren?" Er nickte anerkennend. „Ich mache in vierzehn Tagen mit zwei Freunden einen Wochenendtrip mit dem Rad nach Aldersbach. Das sind von hier aus einfach 140 km. Haben Sie Lust mitzukommen?"

„Gerne. Sehr gerne!", nahm Peter die Einladung dankbar an, ahnungslos und unbekümmert. Es sollte der anstrengendste Ritt werden, den er je erlebt hatte.

EIN PLAN MIT WEITREICHENDEN FOLGEN

Nach einem Schluck Kaffee sah Mattisek auf die Uhr. „Oh, unglaublich, wie schnell die Zeit vergeht. Schon fast elf! Ich hoffe, ich habe Sie nicht zu lange aufgehalten, mein Lieber. Gehen wir auf die Terrasse, dort haben wir mehr Platz. Ich bin sehr neugierig, was Sie da mitgebracht haben." Theo tippte mit dem Zeigefinger auf die Planrolle, die Peter neben sich gelegt hatte.

Peter hatte das Bad im Stil einer altrömischen Villa inszeniert. Der Boden bestand aus einem Terrazzobelag, der Michelangelos „Schöpfung" perfekt kopierte. Die Wände waren mit weißgelbem Marmorstuck überzogen. In der Mitte des Raums befand sich eine Solitärwanne, die auf die Fenster hin ausgerichtet war, die Verbindung nach außen betonte und damit den Garten sozusagen in das Bad integrierte.

Hinter einem Raumteiler befanden sich WC, Bidet und Dusche. Auf der Rückseite des Trennelements war ein überdimensionaler Spiegel eingelassen, der sich auf zwei Seiten öffnen ließ. Die dahinterliegende Mauernische bot ausreichend Stauraum. Vor dem Spiegel stand ein großer Waschtisch aus schwarzem Alabaster.

Die darauf ruhende ovale Waschschüssel war passend zu Wanne, WC und Bidet in hellgrauem, fast weißem Marmor ausgeführt. Die Armaturen hatte Peter aus der Linie einer bekannten italienischen Designermarke gewählt. Die wenigen reinweißen Möbel wie der Unterschrank und ein Vertiko, der Handtücher und Morgenmäntel aufnehmen würde, stammten aus Mattiseks Kollektion.

Das gesamte Bad erhielt durch die indirekte Beleuchtung, die unauffällig in den Seitenkanten des Spiegels und an den Eingängen zu Dusche und WC eingelassen war, zusätzlich eine besondere Note.

Der Deckenplan war atemberaubend. Dem maurischen Kiosk von Schloss Linderhof nachempfunden, sollte ein leicht gewölbter Himmel eingezogen werden, aus dem je nach Jahreszeit mit kleinsten LEDs die unterschiedlichen Sternbilder simuliert werden konnten. Das dazugehörige, ebenfalls digitalgesteuerte Musikbord lieferte in bester Tonqualität akustischen Genuss.

   Völlig unauffällig wurde der quer über den drei Fenstern vorhandene Platz unterhalb der Zimmerdecke genutzt, um einen hochmodernen LED-Bildschirm zu platzieren. Er fügte sich geschmackvoll und farblich abgestimmt in die Marmorstruktur des Stuckputzes ein. Dank der überhohen Räume konnte dem Badenden auf dem 1,80 x 3 Meter großen Bildschirm ein kinoähnliches Erlebnis geboten werden.

   „Ich hab's gewusst!" Theo Mattisek schlug begeistert auf die Pläne, die Peter auf dem großen Tisch ausgebreitet hatte, der auf der Sonnenterrasse platziert war, und fügte ein wenig selbstgerecht hinzu: „Ich täusche mich selten in Menschen." Hochzufrieden lehnte er sich zurück. „Sie sind wirklich ein Künstler, Peter! Matteo wird begeistert sein. Ach was, der ganze Cazzano-Clan wird Sie mit Beschlag belegen! Sie werden sich vor Aufträgen nicht retten können. Andrea, der Jüngste, ist in Oberitalien ein bekannter und erfolgreicher Makler. Nur die Crème de la Crème der Society versorgt sich bei ihm mit werthaltigen Immobilien, und die Käufer wollen in aller Regel ein Pimp-Up. Das ist auch mein Geschäft, verstehen Sie?"

Theo Mattisek beugte sich leicht nach vorne und fixierte Peter. „Ihre Ideen und meine Möbel und Accessoires. Was wir nicht schon selber in der aktuellen Kollektion haben, bauen wir. Glauben Sie an Schicksal, Peter? Ich schon."

„Ich freue mich sehr, dass es Ihnen gefällt. Die Umsetzung wird aber nicht ganz billig", gab Peter beim Blick auf die Pläne vorsichtig zu bedenken.

„Wer will schon billig?", feixte Theo zurück. „Das Geld muss Ihre geringste Sorge sein, mein Sohn. Übermorgen ist Freitag. Wir starten gegen 9.30 Uhr und sind Montagabend zurück."

„Wir? Wohin?" Peter beugte sich gespannt nach vorne.

„Na klar, wir! Sie, Karin und ich reisen nach Bella Italia! Ich bestehe darauf, Sie mit Andrea und Matteo bekanntzumachen. Ihre Verbesserungsvorschläge, die die missratene Haussanierung betreffen, können Sie so auch gleich selber loswerden."

Peter war verblüfft. Dieser Mattisek hatte wirklich eine – nun, zupackende Art.

„Aber mein Chef …?"

„Den lassen Sie meine Sorge sein."

Nach diesem Treffen war Peter wie befreit. Er wusste, dass sich ihm hier wie aus dem Nichts eine einmalige Chance bot, die er sich nicht entgehen lassen durfte. Es kostete ihn mehrere schlaflose Nächte, bis er sich dazu durchrang, mit seinem Chef über die Pläne zu reden.

Der grinste nur wissend, als ihm Peter von seiner Begegnung mit Mattisek erzählte und ihm eröffnete, dass er den angebotenen Auftrag gerne annehmen würde.

„Klar machst du das! Dann kannst du deine kreative Ader endlich ausleben. Und um dir die Entscheidung und den Übergang zu erleichtern, würde ich vorschlagen, du arbeitest die kommende Zeit nur halbtags bei mir und gibst deinem Freigeist ansonsten Raum. Was meinst du? Ich bin sicher, die kommenden Wochen werden dir Klarheit geben, ob du ganz auf eigenen Beinen stehen willst."

In den folgenden Tagen hatte Peter alle Hände voll zu tun. Seine regelmäßigen Besuche bei Mattisek waren nicht nur inspirierend, sondern auch lukrativ. Nahezu bei jedem Treffen lernte er einen neuen Auftraggeber kennen. Ganz besonders genoss er, dass Karin zunehmend Interesse an seinen

Besuchen zu haben schien. Die quirlige junge Frau faszinierte ihn zwar auf eine andere Art, aber ebenso stark wie ihr Vater.

„Ich denke, wir haben noch viel mit Ihnen vor," verabschiedete sich Mattisek augenzwinkernd bei einem ihrer obligatorischen Geschäftsessen und verschwand mit einem vergnügten Winken. Noch bevor er aus der Tür trat, drückte Karin ihm mit einer schnellen Bewegung einen Kuss auf die Wange. Peter war es, als würde er nach Hause schweben.

Vier Monate nach dem ersten Treffen mit Theo war Peter Kramer selbstständig. Sein Auftragsbuch war randvoll – und er schwer verliebt in Karin, die nach zwei weiteren Monaten einwilligte, seine Frau zu werden.

Die Hochzeit fand in Malcesine statt. Theo hatte sie in ein rauschendes Fest verwandelt und den Tag mit einem Feuerwerk ausklingen lassen, dessen explodierende Farben weit über den Gardasee strahlten. Die Gästeliste las sich wie das Who's who der Designer-Elite.

Das war die Familiengeschichte, die Pauline kannte.

EINE ÜBERRASCHUNG

„Hallo!", rief Pauline nach oben. „Dreißig Minuten sind um! Antreten! Major Kramer! Was ist denn los?"

„Ich komm ja schon ... nur noch drei Minuten!", war die Stimme von Paulines Vater gedämpft aus dem Bad zu hören.

„Echt, du trödelst schlimmer als eine Schnecke", maulte Pauline und ließ sich mit einem Aufstöhnen auf ihren Rucksack fallen. Kramers Tochter trug eine kurze Jeans und drüber ein sportliches weißes Poloshirt. Mit ihren 176 cm Körpergröße und den langen, gebräunten Beinen war sie ein echter Hingucker. Sie freute sich wie ein kleines Mädchen auf den Tag am Wasser, denn auf dem schnittigen Katamaran, den ihr Opa Theo zum vierzehnten Geburtstag geschenkt hatte, über den See zu fliegen, war das Beste, was sie sich vorstellen konnte. Sie und ihr Dad waren auch auf dem Wasser ein eingespieltes Team – egal, wer an der Pinne und wer am Vorschot saß.

„Was zum Kuckuck trödelt der so rum? Es ist wirklich schlimm!" Pauline war aufgestanden. Sie ging nach oben, um nach ihrem Dad zu sehen. Der stand in weißen Seglershorts, Sneakers und blauem Polo mit dem Rücken zu ihr im Badezimmer und telefonierte.

„Ja, Heinrich, danke, ich pass auf. Ich muss jetzt aber wirklich los. Okay – bis dann!" Aus dem Augenwinkel hatte er im Spiegel seine Tochter wahrgenommen. Ohne sichtbare Hast drehte er sich um.

„Sorry, Paulchen, ein ungeduldiger Klient. Nicht mal am Sonntag hat man seine Ruhe. Aber jetzt geht's los!" Er schnappte sich die große, sackförmige Sporttasche, die neben ihm stand, und schob Pauline Richtung Treppe.

Sie hasste es wie die Pest, wenn er sie mit ihrem Kosenamen aus frühen Kindertagen ansprach. Er wusste das, konnte aber nicht widerstehen, sie hin und wieder damit aufzuziehen.

„Erstens Pauline, bitte", sagte sie gedehnt. „Und zweitens: Willst du auswandern?", knurrte sie und deutete auf den überdimensionalen Seesack.

„Schon gut, Große. Ich dachte nur, falls wir länger bleiben", zwinkerte Peter Kramer. „Jetzt aber erstmal Proviant fassen, und dann ..." Er sah seine Tochter bedeutungsvoll an.

„Und dann?", fragte Pauline irritiert.

„Dann geht's zu Opa. Theo will mitkommen – und er hat eine Riesenüberraschung für uns."

„Na, da bin ich gespannt!", freute sich Pauline. Sie liebte Opas Überraschungen.

Der Katamaran war auch so eine gewesen. Opa hatte sich damals, an ihrem vierzehnten Geburtstag, ausbedungen, zumindest die Zeit von 9 bis 15:30 Uhr mit ihr zu verbringen. „Alleine", wie er betonte. Und „zumindest diese Zeit" bedeutete exakt diese sechseinhalb Stunden – und die wirklich nur zu zweit.

Theo hatte sie in seinem feuerroten Spitfire MK 3 abgeholt. Der Wagen war Baujahr 1970, mit Originallack, Rechtslenkung und hatte nur 36.000 km auf dem Tacho. Eine echte Rarität. Sie war bisher erst ein einziges Mal unter Opas Aufsicht am Lenker gesessen. Begleitetes Fahren war wegen der ständigen Belehrungen des Beifahrers zwar nervig, aber ein solcher Schlitten entschädigte für vieles. Bald würde sie alleine durch die Gegend düsen dürfen! Hoffentlich ab und an auch mit Opas Flitzer.

Theo liebte alle guterhaltenen Dinge – vor allem Autos. Nie würde Pauline vergessen, wie er sie damals in sportlicher Wanderkleidung und mit feschem Barett auf dem Kopf abgeholt hatte. Ganz Gentleman, hielt er ihr sogar die Tür auf. Pauline konnte sich an viele Details dieses Tages erinnern.

Sogar daran, dass sie ihr Wuschelhaar, der Situation entsprechend, unter einem bunten Seidentuch versteckt hatte, um wie Grace Kelly auf dem Beifahrersitz thronen zu können, die stahlblauen Augen hinter der Ray Ban versteckt. Die hatte ihr Dad nach dem Frühstück nett verpackt überreicht.

„Wirst du heute brauchen", zwinkerte er ihr geheimnisvoll zu.

Mann, war sie aufgeregt gewesen! Opa hatte leichte Sportkleidung befohlen. Vielleicht ging es endlich auf den Siegsdorfer Klettersteig! Sie war schon längst der Meinung, dass sie für die mit Kategorie C/D klassifizierte Route reif und fit genug wäre. Der unvermeidbare olivfarbene Rucksack begleitete sie. Darin verstaut war ihr Klettersteigset, oben aufgeschnallt ihr oranger Helm. Ihr Herz hüpfte vor Aufregung, als sie im Kofferraum Opas Bergausrüstung entdeckte.

„Echt Opa, mit dir in den Siegsdorfer ...? Du bist voll Spitze!"

„Warte zuerst einmal ab, Hübsche. Hast du Wechselklamotten dabei?"

„Klar, was denkst du denn! Bin doch Profi, ganz deine Schule! Für jeden Krisenfall gewappnet." Pauline kicherte fröhlich.

„Na, dann los!" Theo ließ den Spitfire an und sie brausten Richtung Osten. Natürlich, wie es sich für einen Oldtimer gehört, über die Landstraße.

„Siegsdorfer, wir kommen!", jubelte Pauline und warf vergnügt ihre Arme in den Himmel. Theo grinste. Hinter Rosenheim, auf Höhe Marktwartstein, hielt er den Wagen an.

„So, meine Liebe, für den nächsten Kilometer erhöhen wir die Spannung." Er zog ein blütenweißes Leinentaschentuch aus der Hosentasche und verband Pauline die Augen.

„Opa, also echt, bist du kindisch."

„Und du neugierig, kleine Kröte." Sie spürte, wie er mit seiner sehnigen Hand zärtlich über ihre Wangen strich. „Ich bin so froh, dass wir dich haben. Und ich freu mich wie ein Schulbub auf dein Gesicht, wenn du dein Geburtstagsgeschenk siehst!"

„Also doch nicht in die Berge?", fragte Pauline und musste sich ihre Enttäuschung verbeißen.

„Wirst schon sehen, Kleine."

Eine gefühlte halbe Stunde später stoppte der Spitfire erneut. Pauline nahm eine leichte Brise auf ihren Wangen und laute, metallen klackernde Geräusche wahr. Beides kannte sie von ihren letzten beiden Sommerferien. Das war ... das war das Schlagen von ... Pauline riss sich die Binde von den Augen. Tatsächlich! In der Pier, die vor ihnen lag, schaukelten unzählige fest vertäute Segelboote leicht in der Dünung des Chiemsees. Die Metalltakelagen schlugen hell klirrend gegen die Alumasten.

Hier in Prien hatte sie im letzten Sommer ihren Segelkurs gemacht und war dann zusammen mit ihrem Vater zu ihren ersten längeren Ausfahrten zur Herren- und Fraueninsel aufgebrochen.

„Na, Paulchen, was sagst du?"

„Mega, Opa! Ich freu mich total!"

„Jetzt komm, nicht trödeln, es ist schon viertel vor elf! Du willst doch noch was von deinem Geburtstag haben, oder?" Theo drückte seiner Enkelin ihren olivfarbenen Rucksack in die Hand und bugsierte sie zur Mole.

„Morgen, Reichmann!", begrüßte er einen distinguiert aussehenden Herrn, der etwa in seinem Alter war. Pauline kannte ihn vom Sehen. Verwundert registrierte sie, wie der Mann bei Opas Anblick seinen Körper anspannte.

„Morgen, Herr O ... äh, Mattisek. Alles bereit für das Geburtstagskind! Herzlichen Glückwunsch, gnädiges Fräulein! Darf ich?" Mit einer galanten Handbewegung nahm Reichmann Paulines Rucksack. „Ich erlaube mir vorauszugehen."

„Aber ich bitte darum", feixte Theo. Sie gingen über einen langen Steg, an dem unzählige Segelschiffe in unterschiedlicher Größe festgemacht waren. Vor einem schnittigen Rennboot machten sie Halt.

„Wow Opa. Hammer. Das ist ja …"

„Ja, das ist ein Sportcat. Er, ich und der See stehen dir für die nächsten drei Stunden zur Verfügung. Wenn du mich als deinen Vorschoter akzeptieren möchtest?"

„Na, und ob! Der Wind ist perfekt – das wird eine Fahrt!" Pauline war glückselig. Opa hatte an alles gedacht: In der Mitte des Trapezes war ein Korb mit Getränken und Fressalien verstaut. Das Großschot war aufgeheißt, die Fock vertäut. Nachdem sich die beiden Sportsegler in Stellung gebracht hatten, manövrierte Pauline den schnittigen Segler geschickt aus der Anlegestelle. Sobald sie draußen waren, zog Theo die Fock und blickte abwartend zu seiner Enkelin. Erst auf Paulines Kommando „Vorschot los!" gab er das Segel frei. Der Cat nahm wie ein aus der Box springendes Rennpferd sofort Fahrt auf. Pauline stellte das Boot geschickt an den Wind. Die Kufen schnitten ins Wasser und Gischt spritzte ihnen in die lachenden, glücklichen Gesichter.

Die ersten Wenden klappten wie am Schnürchen und Pauline war überrascht, wie flink und agil ihr Opa als Mittsiebziger noch war. Als sie das Boot am frühen Nachmittag an der Mole vertäuten und fröhlich plaudernd die Segel bargen, hielt Pauline plötzlich inne.

„Theo."

Mattisek richtete sich überrascht auf; noch nie hatte seine Enkelin ihn beim Vornamen genannt.

„Ja, Pauline?"

„Ich wollte dir nur sagen, du bist der abgefahrenste, beste Opa der ganzen Welt."

In diesem Augenblick war Reichmann zu ihnen gestoßen, nahm ihnen die Ausrüstung ab und half Pauline galant auf den Steg. Dann schloss er das Boot mit einer Sicherheitskette an den Anleger. Den Schlüssel überreichte er feierlich Pauline, die ihn verdutzt entgegennahm. Sie drehte sich zu Theo um, der dem verblüfften Mädchen eine Flasche Sekt in die Hand drückte.

„Schiffstaufe, bitte sehr!" Er deutete auf den Katamaran. Reichmann hatte in der Zwischenzeit die Klebestreifen vom Bug der beiden Kufen gezogen. „Paulchen" war in blauen Lettern auf den weißen Bootsrumpf gemalt.

„Mensch Opa, du bist wirklich der Beste"! Pauline fiel dem sichtlich gerührten Theo Mattisek jubelnd um den Hals. Dann ließ sie mit einem gekonnten Schlag die Sektflasche an der Kufe des Bootes zerschellen.

Was für ein Tag, was für eine Überraschung! Und was hatte sie in diesen drei Stunden damals alles mit Opa bequatscht! Sie beide, das Wasser, der See. Nur mit Papa konnte es noch schöner sein.

AUSFLUG

„Na dann bin ich mal gespannt, was uns diesmal erwartet." Pauline lachte. „Opa und seine Überraschungen! Weißt du denn, was es ist?"

„Keinen blassen Dunst. Er hat nur gesagt, dass ich ihm Bescheid geben muss, wenn wir zum Chiemsee fahren. Es wäre ihm wichtig, und er würde Zeit finden, egal wann. Wir würden beide Augen machen. Und Opas Wunsch ist doch immer Befehl", antwortete Kramer.

„Warum hast du das eigentlich nicht vorhin beim Frühstück schon gesagt?", fragte Pauline, als sie sich in den Q5 S setzte, dessen sechs Zylinder röhrend ansprangen. Ihr Vater teilte Opas Liebe zu schnellen Autos. Peter Kramer zuckte aber nur mit den Achseln.

Irgendwie ist er plötzlich anders, dachte Pauline und musterte ihren Dad mit einem forschenden Seitenblick. *Seit diesem Telefonat vorhin. Außerdem ... was hatte er versucht, vor mir zu verbergen?* Sie hatte genau gesehen, dass er einen schwarzen Gegenstand in den Hosenbund unter sein Shirt gesteckt hatte. *Hat zwar cool getan, aber ich hab es trotzdem gesehen.*

„Wer ist eigentlich dieser Heinrich?", fragte Pauline spontan und bemerkte, wie die Wangenknochen ihres Vaters zuckten. Das taten sie nur, wenn er gereizt oder nervös war.

„Ein Kunde. Ein anstrengender Kunde, das hab ich dir doch gesagt. Freust du dich jetzt eigentlich auf die Überraschung?"

Wieder dieses Ausweichen, dieses angespannte Zucken der mahlenden Wangenknochen. Kein Zweifel: Paulines Vater log! Aber warum?

Pauline schwieg auf der Fahrt nach Baldham, und auch Peter Kramer starrte gedankenverloren durch die Frontscheibe.

Bald war die vornehme Villensiedlung im Südosten Münchens erreicht, in der Theo Mattisek wohnte. Pauline hatte sich nie Gedanken darüber gemacht, wie Opa eigentlich zu dem Vermögen gekommen war, das er zweifellos besitzen musste.

Um sich hier, wo der Quadratmeter Grund bis zu 3000 € kostete, ein Haus bauen zu können, musste man ganz schön Schotter haben.

„Wahrscheinlich war das früher alles noch erschwinglich", murmelte sie gedankenverloren, als sie in die Siedlung einbogen, die auf einer leichten Anhöhe direkt am Waldsaum lag.

„Fehlanzeige, das war schon damals unbezahlbar", war die knappe Antwort ihres Vaters.

Sie hielten vor dem Anwesen. Ein nach Süden ausgerichteter, zeitloser Winkelbungalow war harmonisch in den knapp 3000 qm großen Garten eingebettet. In der Auffahrt stand Opa Theo vor seinen weißen Maybach, Baujahr 2002. Es war einer der ersten, den Mercedes exklusiv in Anlehnung an die luxuriöse Marke gefertigt hatte, deren Erfolge zwischen 1921 und 1941 spektakulär gewesen waren.

„Wow, großes Kino. Opa in der obligaten grauen Leinenhose, weißem Leinenpolo, Wildlederschlappen und mit seinem Schmuckstück. Manche Dinge ändern sich wohl nie." Pauline grinste.

„Wenn Theo den Maybach auspackt, wird's wirklich interessant", bekräftigte Peter.

„Hallo Kinder, schön euch zu sehen! Freut mich, dass alles so spontan geklappt hat. Auf geht's, packt eure Klamotten in den Kofferraum und setzt euch in den Wagen. Willst du fahren, Peter?" Theo schwenkte seinem Schwiegersohn die Schlüssel entgegen.

„Nö, mach mal du", antwortete der knapp.

Ein Ausdruck leichter Verblüffung zog kurz über Theo Mattiseks Gesicht. Sein Schwiegersohn wusste, dass er sehr sparsam mit dem Angebot umging, sein Lieblingsspielzeug zu bewegen, und normalerweise wurde diese Auszeichnung begeistert angenommen.

„Ist dir eine Laus über die Leber gelaufen, mein Sohn?"

„Nö", platzte Pauline ungefragt heraus. „Nur ein ekelhafter Kunde namens Heinrich. Nicht einmal sonntags lassen sie Paps in Ruhe."

„Heinrich?", fragte Theo, „kenne ich ihn?"

„Nicht, dass ich wüsste ... ist auch egal", gab sich Peter knapp. „Lass uns fahren. Ich hab keinen Bock, mich noch länger mit diesem lästigen Vollpfosten zu beschäftigen."

„Ach du meine Güte", schmunzelte Theo. „Mir scheint, wir sind gut beraten, schleunigst etwas für die Großwetterlage zu tun. Würde das gnädige Fräulein bitte auf dem Beifahrersitz Platz nehmen? Ich weiß, du kannst es kaum erwarten, dich selbst hinters Steuer zu setzen. Aber das heben wir uns für deinen 18. Geburtstag auf."

„Echt, Opa? Holst du mich dann von der Schule ab? Das wäre so super!"

„Mach ich gern, Pauline. Und für dich gibt es hinten einen guten Brandy", fügte er an seinen Schwiegersohn gewandt hinzu. „Wirst sehen, der rückt die Welt schnell wieder zurecht."

„Danke, Theo. Den kann ich gut brauchen."

Pauline nahm auf dem Beifahrersitz Platz und genoss es, in die cognacfarbenen, weichen Ledersitze einzutauchen. Opa startete den Motor und fuhr los.

„Wohin geht die Reise, Herr Kapitän?", fragte Pauline.

„Nach Prien!"

„Gehen wir segeln?! Toll! Ich hab Paulchen schon vermisst!"

„Ich denke, er dich auch", zwinkerte Theo seiner Enkelin zu.

„Und die Überraschung?"

„Wirst schon sehen, du neugierige Stumpelnase", lachte Theo vergnügt. Pauline hatte die hübsche Stupsnase seiner Tochter Karin geerbt; auch die hatte er lange so genannt. Er vermisste Karin sehr, was er den beiden aber nicht zeigen durfte.

Noch nicht. Gottlob hatte er Pauline und Peter. Die beiden waren ihm so sehr ans Herz gewachsen. Er würde es nie verwinden, wenn er nicht würde verhindern können …

Sie fuhren in den weißblauen Sommertag hinein. Die reizvolle Berglandschaft Südbayerns zog an ihnen vorüber. Wie immer hatte Theo die Landstraße gewählt. Aus den Lautsprechern plätscherte leise Operettenmusik. Opa liebte klassische Musik, vornehmlich von deutschen Komponisten.

Ein Makel, den Pauline nur Augen verdrehend bei geringster Lautstärke ertrug. „Opa, du bist Klasse, wirklich … bis auf deinen Musikgeschmack. Der ist einfach unterirdisch."

„Aber, aber Fräulein, ich muss doch sehr bitten. Strauss, Mozart, Lehár, Schubert … die Größen der Musikgeschichte! *Das* war – und ist noch – Musik!"

„Jaja, und Wagner nicht zu vergessen", spöttelte Pauline. „Wenn du den nur lange genug hörst, baust du Märchenschlösser, kriegst einen Knall und ersäufst dich anschließend selbst im Starnberger See", bemerkte sie ironisch.

„Wenn Gnädigste auf König Ludwig II. von Bayern anspielen sollte: Dem und seinen Bauten verdankt der bayerische Finanzminister jährlich garantierte Einnahmen in Höhe von 1,5 Milliarden. Euro mindestens. Und außerdem ... wurde der erschossen."

„Sagt wer?", fragte Pauline.

„Sagt jeder, der ein bisschen Ahnung von deutscher und bayerischer Geschichte hat."

„Ach, lass gut sein, Opa. Ich bring dir nächstes Mal eine Scheibe von den Beatles und den Rolling Stones mit, das würde eher zu dir passen. Die CD- Anlage deines Luxusschiffes hier lechzt ja geradezu danach, mal was anderes zu spielen als Bayern 5!"

„Wenn du meinst. Ich bin immer für alles offen", bemerkte Theo und wechselte mit einem verschmitzten Grinsen auf Bayern 1. Nach „Hello" von Lionel Richie grölten sie den Gassenhauer der Comedian Harmonists mit. Der war aber auch zu passend: „Wochenend und Sonnenschein".

„Sag mal, so einen alten Schinken kennst du?", fragte Theo erstaunt.

„Klar, die Nummer ist doch fett!"

„Woher hat sie nur diese Ausdrucksweise, Peter? Sag doch auch mal was!" Ein Blick in den Rückspiegel zeigte Theo, dass sein Schwiegersohn eingeschlafen war.

„Ziemlich überarbeitet, dein Vater, was?", murmelte Theo nachdenklich in Richtung seiner Enkelin.

„Kannst du glauben. Alleine letzten Monat war er zehnmal geschäftlich unterwegs. Einmal war er ganze drei Tage unterwegs für einen einzigen Termin in Dubai. Das ist doch krank! Da hockst du länger im Flugzeug als dein Termin dauert. Erfolg ist schon schön. Aber der Preis ist auch verdammt hoch", sinnierte Pauline.

Theo war erstaunt, wie durchdacht die Ansichten seiner Enkelin waren.

„Dubai? Soso", bemerkte er kurz und schien zu überlegen.

„Ja. Irgend so ein Scheichbubi, der eine ganze Hoteletage einrichten will. Ist total auf diesen alten Udo Lindenberg abgefahren. Kann zwar kein Deutsch und schon gar nicht singen, grölt aber den ganzen Tag seine Klassiker rauf und runter. Und weil sein Idol in Hamburg in einem Hotel wohnt, will er das auch … Er hat ihm angeblich eine Million Euro für einen Dreißigminutenauftritt bei seiner Einweihungsfeier geboten."

„Und? Kommt Lindenberg?"

„Keine Ahnung, aber er wäre doch blöd, wenn er sich die Kohle entgehen ließe. Noch dazu in seinem Alter! Da nehm ich so einen Auftritt doch mit, oder? Wobei – ich finde es schon krank, wie dieses Scheichsöhnchen mit seinen neunzehn Jahren mit

Geld umgeht. Aber die da unten haben halt einfach Öl wie Sau und wissen mit sich und ihrer Zeit und ihrem Geld nichts Vernünftiges anzufangen."

„Außer Kriege zu führen", sinnierte Theo.

„Wie meinst du das, Opa?"

„Ach vergiss es. Verdirbt nur die Laune. Die Welt ist einfach krank. Dekadent und krank."

„Ein bisschen sind wir das doch auch, oder?", Pauline deutete auf die Mole. Sie hatten den Hafen von Prien erreicht.

„Hast schon recht, Süße", Theo lächelte bei dem Blick auf den Luxus, den die schnittigen Segler verkörperten. „Ein bisschen dekadent ist das auch. Aber nur ein bisschen." Und nach hinten rief er: „Aufwachen, Sohn! Wir sind da!"

Pauline war schon aus dem Wagen gesprungen und hatte sich ihren Rucksack aus dem Kofferraum geangelt. Peter Kramer schälte sich verschlafen aus dem Heck.

„Bist der beste Schlafwagenschaffner der Welt, Theo." Mit einem freundschaftlichen Klaps auf die Schulter bedankte sich Peter bei seinem Schwiegervater für die angenehme Fahrt. „Der Brandy war auch nicht schlecht."

„I always try to do my very best", grinste Theo zurück.

„Ich lauf dann schon mal vor. Wir treffen uns bei Paulchen, ja?" Schon war Pauline losgerannt. Ihre wilde Mähne hüpfte vergnügt auf und ab, als sie sich mit großen Sprüngen von den beiden Männern entfernte. So mancher junge Priener drehte sich interessiert nach dem hübschen Mädel um.

„Wirst demnächst einen Waffenschein und eine Schrotflinte brauchen, Sohn", feixte Theo vergnügt, der die Szene verfolgte.

„Die kauf ich dann am besten bei dir, oder?"

„Wie meinst du das?" fragte Theo, plötzlich wachsam geworden.

„Naja, müsstest ja zumindest noch eine übrig haben – oder war das bei Karin früher anders?"

„Ich stehe mit meinem reichen Erfahrungsschatz selbstverständlich zur Verfügung, Herr Major", antwortete Theo, nun wieder fröhlich, mit einem militärisch exakten Hackenschlag und Gruß.

„Aber jetzt los, wir sind spät dran."

„Wieso spät? Hat doch alles keine Eile, oder?", fragte Peter.

„Ich hasse es, zu spät zu Mittag zu kommen", antwortete Theo. „Ich habe drüben auf Herrenchiemsee für uns bestellt, exakt 12.45 Uhr. Da kann sie jetzt zeigen, was in ihr steckt."

„Wer", fragte Peter, „Pauline? Zeigen, was in ihr steckt? Du sprichst in Rätseln."

„Wirst schon sehen", antwortete Theo.

Sie betraten die Pier und schritten über den Steg zum Katamaran, der sie heute zu dritt tragen musste. Als sie um die letzte Ecke bogen, sahen sie Pauline schon eifrig mit dem Takelwerk ihres Bootes hantieren. Fröhlich plapperte sie mit einem hochgewachsenen Mann, der mit dem Rücken zu ihnen stand.

„Na alles bereit, Reichmann?", fragte Theo Mattisek Paulines Gesprächspartner, der sich sofort umdrehte und beim Anblick des Älteren strammstand.

„Jawohl, Herr Mattisek, wie gewünscht!" Damit reichte er Theo einen silbernen Schlüssel.

„Jetzt kommt schon!", rief Pauline. „Ich bin fast fertig, wir können gleich los!"

„Nur nicht ganz so schnell, Fräulein. Reichmann, würden Sie bitte?" Theo wies seinen Adjutanten an, seiner Enkelin behilflich zu sein.

„Natürlich, Herr O ...", Reichmann räusperte sich verlegen und wandte sich schnell an Pauline.

„Darf ich bitten, Fräulein Kramer?" Galant wie immer reichte er Pauline die Hand, um sie vom Boot auf den Steg zu geleiten. „Ich kümmere mich dann um Paulchen", fügte er leiser hinzu, sprang – für sein Alter sehr behände – auf das Trapez und begann, die Segel wieder zu bergen.

Pauline schaute ihm irritiert zu. „Was ist denn jetzt los?", fragte sie perplex. „Ich dachte, wir wollen segeln?"

„Tun wir ja auch, meine Große." Theo reichte seiner Enkelin den Arm und bugsierte sie ein paar Schritte weiter zu einem Segelboot von vierzehn Metern Länge, das dort vertäut lag.

„Darf ich vorstellen? Die *Genesis I*. Nagelneu aus der Werft. Mit Kabine, Übernachtungsmöglichkeit und allem Schnickschnack, den das Seglerherz begehrt. Ich dachte, es ist an der Zeit, dass Paulchen eine große Schwester bekommt. Für meine alten Knochen ist das Trapez deines Sportflitzers langsam zu unbequem." Mattisek betrachtete das neue Boot zufrieden mit in die Hüften gestützten Händen.

Pauline starrte erst ungläubig ihn, dann das Boot an. Ihr war anzusehen, dass sie diese Entwicklung noch nicht ganz begreifen konnte.

„Opa ... das ist doch nicht wahr, oder? Das ist ja crazy! Total abgespaced!" Sie konnte sich gar nicht einkriegen.

„Theo, eine Yacht? Meinst du nicht, das ist etwas übertrieben?", Peter guckte etwas hilflos von

Theo zu Pauline und wieder zurück. „Aber schön ist sie wirklich. Du hast einfach Geschmack."

„Wenn nicht jetzt, wann dann? Übrigens – Pauline, in vier Wochen sind noch Ferien. Reichmann hat für dich in der Segelschule einen Kurs gebucht. Du brauchst für dieses Boot den nächsten Schein. Wohnen kannst du auf der *Genesis*, wenn es dein Papa erlaubt und du magst."

„Na, und ob!" Pauline war völlig aus dem Häuschen. „Du erlaubst es doch, Paps, oder? Danke, danke, danke euch beiden!" Sie fiel erst Theo, dann ihrem Vater um den Hals.

Peter Kramer blieb gar nichts anderes übrig, als zustimmend zu nicken. Trotzdem bemerkte er zu seinem Schwiegervater gewandt mit gedämpfter Stimme: „Also Theo, ich weiß nicht, ob das so gut ist, wie sehr du Pauline verwöhnst ..."

„Peter, sie ist meine einzige Enkelin, und nachdem ich keine Tochter mehr habe", Theos Tonfall wurde ernst, „musst du mir einfach erlauben, Pauline ein wenig zu betüddeln. Aber jetzt los!", rief er unvermittelt. „Mal schauen, ob sie wirklich so schnell ist, wie mir der Bootsbauer versprochen hat!"

FAHRT INS BLAUE

Sie warfen die *Genesis* los und Theo steckte den silbernen Schlüssel ins Zündschloss. Mit gedrosselter Motorkraft verließen sie langsam den Anleger. Pauline war fürchterlich aufgeregt. Sie war zwar schon ein paar Mal auf einem größeren Einmaster mitgefahren, aber selber fahren – das war schon eine andere Nummer.

Reichmann winkte ihnen vom Ufer aus lächelnd zu. Seine stechend hellblauen Augen passten so gar nicht zum aufgesetzt-freundlichen Lächeln.

„Ein komischer Typ irgendwie. Ich mag ihn nicht, ist mir suspekt. Wo hast du den eigentlich ausgegraben, Theo?" Peters Blick verweilte nachdenklich auf der kleiner werdenden Gestalt am Ufer.

„Wen? Hans? Ach, ist eine lange Geschichte. Aber er ist ein echter Deutscher ... Das sagt man doch so, wenn man die besondere Zuverlässigkeit ausdrücken will, oder?", antwortete Theo und warf seinem Schwiegersohn einen fragenden Blick zu.

„Keine Ahnung. Mag sein", antwortete Peter knapp.

Pauline war währenddessen voll in ihrem Element und hisste auf Theos Anweisung hin die Fog. Der stand am Ruder, drehte sich nochmals um und erwiderte Reichmanns Winken.

Reichmanns Lächeln wurde zynisch. *Verräter müssen sterben*, dachte er, und wandte sich mit einem zufriedenen Grinsen ab. Er hatte nicht mehr viel Zeit, die letzten Vorbereitungen zu treffen. Der Generalfeldmarschall liebte keine Pannen.

Prag, 1944

Im Keller des Rathauses tagte der engere Führungszirkel. Um den Reichsstatthalter hatten sich diejenigen versammelt, denen er sein uneingeschränktes Vertrauen schenkte.
„Meine Herren, die Sache ist verloren. Wir beginnen morgen, die Operation Genesis umzusetzen."
„Sie meinen …?!", unterbrach Obersturmbannführer Viktor Schindler entsetzt.
Der Reichstatthalter fuhr unbeirrt fort. „Sie kennen Ihre Aufgabe. Sie alle sind Angehörige der SS und Waffen-SS und damit an einen besonderen Kodex und Treueeid gebunden. Sie selbst oder Ihre Väter haben im Ersten Weltkrieg gedient. Mit den Machenschaften Himmlers haben wir nichts gemein. Für uns zählen in erster Linie Vaterland und Ehre – ein Anspruch, der leider nur für einen geringen Teil unserer Einheiten

gilt. Wir sind die Elite unserer Organisation! Niemand darf je davon erfahren, wozu wir uns verpflichtet haben."

Nach einem scharfen Blick in die Runde der schweigenden Männer erklärte er eindringlich: „Jeder von Ihnen erhält von mir einen Sonderauftrag, der strengster Geheimhaltung unterliegt. Erst, wenn Sie Ihren Bestimmungsort erreicht haben, werden Sie – oder besser diejenigen von Ihnen, die es geschafft haben – wieder Kontakt zueinander aufnehmen, um die Operation Genesis zum Erfolg zu führen.

Sie werden feststellen, dass unsere Führung an alle Eventualitäten gedacht hat. Menschen können ersetzt werden; wir alle sind ersetzbar. Unsere Ziele und Ideale aber überdauern die Zeit. Wir haben auch jetzt, im Anblick unseres vermeintlichen Untergangs, mächtige Verbündete. Geben Sie also Ihr Bestes! Auf Wiedersehen, meine Herren." Mit einem kurzen militärischen Gruß drehte sich der Reichstatthalter um und ergriff eine Liste, die auf seinem Schreibtisch lag. Er verlas den Namen jedes Einzelnen und händigte den Aufgerufenen jeweils ein mit einem Hakenkreuz-Stempel versiegeltes Kuvert aus. Die Aufgerufenen nahmen den Umschlag entgegen, grüßten mit Hackenschlag und verließen schweigend den Raum.

„Schindler!"

Der Obersturmbannführer war der Letzte im Raum. „Sie sind der vorläufige Kopf der neuen Gemeinschaft. Ihnen obliegt der besondere Auftrag, den Geist und die Moral, die Ziele unserer Bewegung wachzuhalten, bis sich der von der Reichsführung legitimierte Nachfolger des so kläglich gescheiterten Gefreiten Hitler zu erkennen gibt. Seien Sie streng und gerecht! Bleiben Sie ein aufrechter Streiter unserer Sache! Das Volk will Führung und Identität. Beides werden wir ihm geben. Und nun – leben Sie wohl." Der Statthalter reichte seinem engsten Vertrauten die Hand. „Wir sehen uns nicht wieder, mein Freund. Danke für Ihre Kameradschaft."
Schindler ahnte, dass sich die unmittelbar Verantwortlichen in ihr Schicksal fügen würden. Nur so konnten die Alliierten endgültig von ihrem vermeintlichen Sieg überzeugt werden. Sie sollten sich in Sicherheit wiegen. Bis ...

Argentinien, 1952:

Seit Viktor Mattisek alias Viktor Schindler vor acht Jahren in Argentinien angekommen war, war viel geschehen. Jetzt lagen sie im feinen Sand der Küste. Sein Sohn Theo hatte den Kopf auf Viktors Brust

gelegt, ein Ohr auf der inzwischen vernarbten, fingertiefen Wunde. Ein Lungensteckschuss hatte den damals jungen Leutnant 1917 vor Metz verwundet. Viktor hatte Adam Bauer, seinem Burschen, das Leben zu verdanken. Der hatte ihn im letzten Moment in den Bombentrichter gezogen, ehe der englische Tank über sie hinweggerollt war.
„Brrrrrr, brrrrrr, brrrrrr … rasselten die Ketten über unsere Köpfe hinweg", erzählte der Vater zum tausendsten Mal. Theo hörte das dunkle Brummen aus der Verletzung seines Vaters und erschauerte wie immer. „Und dann?", fragte er gespannt.
„Und dann – bin ich im Himmel wieder aufgewacht."
„Nein, du Schwindler."
„Aber doch, mein Sohn. Als ich meine Augen aufschlug, schaute ich in die grünen Augen eines blonden Engels."
„Aber Papa, das dachtest du doch nur! Das waren Mamas Augen und du warst im Lazarett, stimmt's? Erzähl weiter, bitte, bitte", drängte Theo.
Steinwurf entfernt auf einer kleinen Anhöhe lag. Auf der Veranda der weißen Villa sah man eine junge, blonde Frau mit Tellern hantieren. Ein Junge, etwas älter als Theo, half ihr eifrig.
Sie klopften sich den Sand aus den Shorts und gingen zum Haus.

„Hallo Mama, hallo Erich", rief Theo, „was gibt's denn Feines?"
„Heute gibt's zur Feier des Tages Rinderschmorbraten", empfing sie Ruth, die Dame des Hauses. „Schließlich ist das ja ein besonderer Anlass, wenn meine zwei Jungs in die Jungschar aufgenommen werden!"
„Oh prima, mein Lieblingsessen! Und deins doch auch, Erich, oder?"
Der nickte nur knapp und nahm neben Ruth Platz. Er war traurig, obschon er es eigentlich gut getroffen hatte. Sein Vater Adam Bauer galt seit 1945 als verschollen. Er selbst hatte es nur der Großzügigkeit der Mattiseks zu verdanken, dass er noch lebte. Sie behandelten ihn wirklich wie ihren eigenen Sohn. Damals, als sie die Heimat verlassen mussten, war Erich erst knapp drei Jahre alt gewesen. Die einzige Erinnerung an sein Leben zuvor war eine Fotografie von sich und seinen Eltern. Seine Mutter hatte sie ihm beim Abschied zugesteckt. In den Folgejahren hatte Erich vergessen, hatte verdrängt. Er war grade sechs geworden, als ihm Viktor Mattisek militärisch knapp eröffnete, dass er nicht sein Vater, Ruth nicht seine Mutter und Theo folglich auch nicht sein Bruder sei.
„Jeder hat das Recht zu wissen, woher er kommt, und zu entscheiden, wohin er geht", hatte ihm Viktor

Mattisek alias Viktor Schindler an jenem denkwürdigen Abend im mahagonigetäfelten Arbeitszimmer eröffnet.
„Du kannst sehr gerne bei uns bleiben. Wir werden dich behandeln wie unseren eigenen Sohn. Das habe ich deinem Vater versprochen." Viktor Mattisek holte tief Luft. „Dein Vater, Adam Bauer, hat mir 1917 das Leben gerettet."
Mit diesen Worten überreichte ihm Viktor Schindler die Fotografie, die er dem kleinen Buben auf der Flucht abgenommen hatte.
„Das da, Viktor", er deutete auf das verblichene Fotopapier, „ist dein Vater. Er war bis 1944 mein engster Vertrauter und Fahrer. Deine Mutter wurde 1944 bei einer Schießerei in Prag getötet. Adam wird seit ,45 vermisst. Ich lasse immer noch nach ihm suchen. Dein echter Name ist übrigens Hans. Hans Bauer."
Viktor legte ein graues Kuvert auf den Schreibtisch und fügte hinzu: „Das ist für dich", murmelte er.
Nach kurzem Zögern verließ er entschlossenen Schrittes den Raum und ließ den verstörten Jungen allein zurück.
Wie gelähmt vom Schock dieser Eröffnung starrte der Junge auf das vor ihm liegende Kuvert. Behutsam öffnete er es und zog ein Foto heraus. Es zeigte einen mit dem EK I dekorierten SS-Hauptscharführer

neben einer fröhlich lachenden Frau mit braunem Haar und braunen Augen.
März 1944, Prag, Adam und Käthe Bauer, *stand auf der Rückseite. Langsam entfaltete Erich den beigelegten Brief, der mit gestochen scharfer Schrift in deutschen Lettern abgefasst war.*

Mein lieber Junge, verzeih uns, aber wir hatten keine Wahl. Das Reich ist am Ende und unsere Tage in Prag sind gezählt. Mein Chef, Obersturmbannführer Viktor Schindler, hat angeboten, dich in seiner Familie aufzunehmen. Ihr werdet morgen abreisen. Sei den Menschen, die sich so herzlich um dich kümmern, bitte ein guter und treuer Kamerad. Sie haben es verdient. So Gott will, werden wir uns bald wiedersehen. Es grüßen und küssen dich deine dich liebenden Eltern,

Adam und Käthe
Prag, 14.03.1944

PS: Es ist eine schreckliche Welt, die uns bevorsteht. Bitte tu alles, was man dir aufträgt, und vertrau den Menschen, die sich deiner annehmen!

Mein lieber Junge,

verzeih uns, aber wir hatten keine Wahl. Das Reich ist am Ende und unsere Tage in Prag sind gezählt. Mein Chef, Obersturmbannführer Villem Schindler, hat angeboten, dich in seine Familie aufzunehmen. Ihr werdet morgen abreisen. Bei den Menschen, die sich so herzlich um dich kümmern, bist du gut und treuer Kamerad. Die haben es verdient. So Gott will, werden wir uns bald wiedersehen. Es grüßen und küssen dich deine dich liebenden Eltern,

Adam und Käthe
Prag, 14.03.1944

P: Es ist eine schreckliche Welt, die uns bevorsteht. Bitte tu alles, was man dir aufträgt, und vertrau den Menschen, die sich deiner annehmen!

GENUSSVOLLER TÖRN

Die *Genesis* war ein wirklich schnittiges Boot. Theo Mattisek blickte prüfend hinauf in das geblähte Großsegel und von dort auf die wirbelnden Wellen. Er hatte ebenso wie Pauline und Peter seine Freude daran, wie der Kiel das Wasser zischend zerschnitt.

„Achtung, wir gehen noch etwas stärker an den Wind!", rief er den beiden zu, die sofort begannen, mit den Rollwinden die Segel dichter zu holen. Die *Genesis* bäumte sich leicht auf. Sie neigte sich zur Seite, beschleunigte dann rasant und schoss über das blaue Wasser.

„Wahnsinn, was für ein Rennpferd!", jauchzte Pauline begeistert und jubelte ausgelassen.

„Na komm schon, Leichtmatrose, übernimm das Steuer! Ich muss mal schnell für kleine Jungs", rief Theo seiner Enkelin zu.

„Echt, darf ich das wirklich?"

„Ja, aber wirf sie bitte nicht gleich um!"

Pauline übernahm das Steuer und spürte die Macht des Windes, der gegen Boot und Ruder drückte. Sie war von ihrem Kat ja einiges gewohnt, aber das war schon noch eine ordentliche Schippe mehr an Kraft und Geschwindigkeit.

„Voll der Wahnsinn!", rief sie begeistert aus, als Theo ihr das Steuer überließ und in der geräumigen, komfortabel ausgestatteten Kabine verschwand. Peter gesellte sich zu seiner Tochter und drückte sie liebevoll an sich.

„Eine gelungene Überraschung, was?"

„Na, und ob! Ich freu mich schon so auf den Kurs. Hoffentlich können wir bald mal zu zweit raus, was meinst Du?"

„Wird sich einrichten lassen, mein Schatz. Schau, da vorne kommt schon die Insel in Sicht. Wir müssen links an der grünen Tonne vorbei – da ist die Einfahrt zum Anleger des Restaurants."

„Okay ihr zwei, hier habt ihr erstmal eine kleine Stärkung. Ich übernehme wieder." Theo war an Deck zurückgekehrt und reichte beiden eine gekühlte Cola.

„Kleiner Appetizer. Ich bin schon gespannt, was Massimo uns kredenzt. Ah, bestimmt hat er wieder was Leckeres zu bieten!" Theo kannte den freundlichen Sizilianer und dessen Frau Laura, die das Restaurant auf der Insel führten, seit Jahren gut und liebte ihre Küche. Er hatte die beiden schon 1964 in Palermo kennengelernt, wie er immer wieder begeistert erzählte, und sie dann hier auf der Insel als Pächter des Restaurants wiedergetroffen.

„Es gibt schon eigenartige Zufälle, oder, mein Sohn?", hatte Theo bemerkt, als er seinem Schwiegersohn zum ersten Mal von seiner Bekanntschaft mit dem sizilianischen Paar erzählt hatte.

Massimo war ebenso klein, untersetzt und dunkelhäutig wie seine Frau. Prototypen echter Süditaliener. Der Haarkranz des immer freundlichen Kochs wurde langsam grau und auf seiner olivfarbenen Glatze standen immer Schweißperlen. Das Ehepaar stand in weißen Schürzen an der Anlegestelle und winkte ihnen freudig zu.

„Che bello, padrone!", rief Massimo überschwänglich, „caloroso benvenuto, cari ragazzi! Wir haben euch einen prächtigen Festschmaus gemacht! Ihr seid pünktlich wie immer, bene, alles ist gleich fertig!"

In der Tat: Theos Breitling-Navigator zeigte 12 Uhr und 14 Minuten, als er hinter Schwiegersohn und Enkelin die *Genesis* verließ und mit temperamentvollem Händeschütteln und begeisterten Wangenküssen von den beiden Gastgebern begrüßt wurde.

„Massimo, Laura, e´ un grande honore per noi! Schön, dass es mit dem Essen geklappt hat! Wie laufen die Geschäfte zu Hause auf Sizilien?"

„Perfetto, signiore padrone, perfetto. Alles zu Ihrer vollsten Zufriedenheit!" Massimo nickte eifrig und strahlte Theo an.

„Zu unserer", verbesserte Pauline spontan.

„Giusto, signorina Pauline, certamente, zu unserer – scusate per favore. La nostra lingua tedesca non e´ perfetta", entschuldigte sich Massimo mit einem schuldbewussten Seitenblick in Richtung Theo.

„Aber, per favore, folgen Sie uns. Die Pasta wartet schon!" Massimo folgte mit raschen Schritten Laura, die ihnen in den kleinen Privatgarten, der auf der Rückseite des Restaurants lag, vorausgeeilt war. Die mannshohe Ligusterhecke verwehrte Neugierigen jeden Einblick in das Reich der Restaurantbetreiber. Dort hatte Laura eine wahre Festtafel direkt unter der alten Linde vorbereitet. Die auf dem leuchtend weißen Tischtuch akkurat dekorierten silbernen Platzteller, das edle Porzellangeschirr, die feingeschliffenen Gläser und die schier unüberschaubare Menge an Besteck glitzerten in der Sonne und blendeten Pauline, der der Sinn so gar nicht nach langem Sitzen stand.

„Ich dachte eher an ein kleines Mittagessen, Opa. Wir wollen doch nochmal eine Runde drehen!"

„Na, dein Tatendrang wird schon nicht zu kurz kommen, mein kleines Fräulein. Jetzt genießen wir erstmal Massimos Köstlichkeiten und dann sehen wir weiter."

Die Blumendekoration aus Hortensien und Rosen duftete verführerisch, als sie Platz nahmen.

„Hans, ach wie schön, dass du schon hier bist!", begrüßte Theo seinen Sekretär Reichmann, der gerade aus der Verandatür trat. „Komm, setz dich zu uns, iss einen Happen mit."

„Piacere, Signore Reichmann", stammelte Massimo, als er Reichmann bemerkte. „Ich hole schnell eine weitere Stuhl für Sie." Fast war es Pauline, als wäre Massimo erschrocken über Reichmanns Anwesenheit.

„Nicht nötig, ich trinke vorne was. Wollte nur mein Eintreffen melden. Wenn Sie mich brauchen – ich bin im Biergarten", gab sich Opas Sekretär knapp und verschwand mit einem kurzen Nicken.

„Der scheint ja regelrecht dein Schatten zu sein, Theo. Lässt er dich eigentlich auch mal aus den Augen?", fragte Kramer.

„Wehe, wenn ...", feixte Theo seinem Schwiegersohn zu. „Das ist schließlich sein Job. Du weißt, dass er mein Privatsekretär ist."

„Trotzdem, etwas sehr dienstbeflissen für meinen Geschmack", antwortete Peter.

„Sag ich doch. Ein alter Deutscher eben." Theo schmunzelte zufrieden.

Argentinien, 1958

Der Schein Hunderter Fackeln beleuchtete geisterhaft die Gesichter der jungen Anwärterinnen und Anwärter der Jungschar, die mit entschlossenem Blick beinahe regungslos Schulter an Schulter standen und warteten. Der große Paradeplatz befand sich auf dem weiträumigen Gelände der riesigen Tabakplantage und war gut vor neugierigen Blicken geschützt. Das Anwesen lag in einer unzugänglichen Berggegend in der Nähe der Küste. Schon am Tag zuvor hatten sich mehr als tausend Gäste eingefunden, um das feierliche Gelöbnis der zweihundertfünfzig Neuen mitzuerleben.

Als die Anwärter zu den Klängen eines deutschen Marsches aufgezogen und in fünf Zügen á 50 Mann angetreten waren, war von jeder Teileinheit auf Befehl des jeweiligen Zugführers ein überdimensionales rotes Banner mit schwarzen SS-Runen auf weißem Kreis ausgerollt worden. Die Fahnen knatterten im starken Wind. Um den Paradeplatz patrouillierten in weiträumigem Abstand schwer bewaffnete Männer in khakifarbenen Kampfanzügen mit Schäferhunden. Die Gäste trugen ausnahmslos schwarze, uniformähnliche Kleidung. An den linken Hemdkrägen steckten silberne Nadeln, auf deren schwarzen, fingernagelgroßen Emailleköpfen jeweils zwei weiße SS-Runen eingraviert waren.

„Wir geloben …", tönte es aus den Lautsprechern, und zweihundertfünfzig feste Stimmen wiederholten: „Wir geloben … Treue dem deutschen Volke und der deutschen Sache. Unbedingten Gehorsam den Befehlen des von unserer Führung eingesetzten Feldmarschalls. Wir geben unser Blut für die gerechte Sache. Wir sind nichts, das Reich und unsere Ehre sind alles. Wir schwören …"

Theo Mattisek hielt stellvertretend mit drei weiteren Gruppenführern für alle anderen Kameraden das Banner des dritten Zuges. In seinen Augen glänzte fanatische Ergebenheit. In seinem Kopf wiederholten sich die Sätze des Schwurs immer und immer wieder.

„Wir werden die Geheimnisse der Bewegung mit unserem Leben schützen und alles, was uns vermittelt und überliefert worden ist, an unsere Nachkommen weitergeben! Wir werden nicht ruhen, bis das Projekt Genesis unserer Bewegung die Staatsgewalt über Deutschland und die Welt verschafft haben wird!"

SCHRECKLICHES ENDE

Das Essen schmeckte einfach gigantisch, um es mit Paulines Worten zu formulieren. Pasta oglio mit Scampi, frischer Salat mit gerösteten Brotstücken, Saltimbocca mit selbstgemachten Gnocchi und zum Abschluss ein Tiramisu, „zum Reinknien, Opa!". Theo und Peter genossen den fruchtigen, gekühlten Sauvignon, der ein herrliches Pfirsicharoma entfaltete. Es war einer der besten Tropfen, den die Kellerei Girlan zu bieten hatte. Pauline tat sich an einem frischgepressten Traubensaft gütlich.

Alle drei genossen nach dem Festmenü einen Espresso aus der Rösterei Dinzler bei Rosenheim.

„Leider keine Italiener, aber der Espresso schmeckt italienisch, wie sie das wohl machen, è fantastico!", bemerkte Massimo anerkennend, als er den Kaffee mit harten Cantuccini servierte.

„Allora vorrei pagare, Massimo. Quanto viene tutto?", fragte Theo.

„Come sempre, padrone", winkte Massimo ab.

„Geil, Opa, das will ich auch! Wir fressen uns hier durch und blechen nichts. Impossibile!", grinste Pauline.

„Hey Fräulein Kramer, nicht so vorlaut! Fressen tun die Tiere, und ich krieg von Massimo am

Quartalsende eine Sammelrechnung. Giusto, Massimo?"

Massimo nickte dienstbeflissen. „Vero, padrone, esatemente."

„Na dann, ab durch die Mitte! Ist eh schon spät und die *Genesis* wartet! Ich verabschiede mich nur noch schnell von Laura und sag Hans Bescheid, dass er mit dem Motorboot zurückfahren kann. Ich brauche ihn heute nicht mehr." Theo wandte sich an den Wirt und legte ihm freundschaftlich die Hand auf die Schulter. „Ciao Massimo und herzlichen Dank, es war wie immer ein Hochgenuss!"

„Ciao Massimo, e grazie mille", flötete Pauline,"- veramente una cena meravigliosa!"

„Molto gentile, Signorina, a la presto!", erwiderte Massimo und drückte Pauline die obligaten zwei Küsschen auf die Wangen.

Peter ging mit seiner Tochter zur Anlegestelle, um das Boot vorzubereiten. Theo ließ nicht lange auf sich warten. Am Steg machte gerade der letzte Zubringer, die König Ludwig, fest und spie weitere Legionen an Touristen aus, als die *Genesis* mit gedrosselter Motorkraft aus der Mole glitt. Theo hantierte gerade an der Back am großen Steuerrad, Peter und Pauline warteten auf sein

Kommando „Heiß auf", als plötzlich ein zischendes Sirren die Luft zerschnitt.

Die Harpune schlug mit voller Wucht in Theo Mattiseks Rücken ein. Mit ungläubig aufgerissenen Augen wurde er gewaltsam nach hinten gerissen und stürzte rücklings in den See. Pauline schrie gellend auf, während Peter ohne zu zögern mit einem kraftvollen Kopfsprung über Bord sprang.

Er hatte in den Sekundenbruchteilen vor dem Einschlag der Harpune die schemenhaften Umrisse eines Froschmannes gesehen, der sich aus den Wellen erhob. An der Stelle waren jetzt nur noch feine Luftblasen zu erkennen. Kramer schwamm so schnell wie noch nie in seinem Leben. Als er die Stelle erreichte, wo Theo untergegangen war, tauchte er ab.

Pauline schrie noch immer, unkontrolliert und schrill. An der Mole war ein Tumult entstanden. Mehrere Personen sprangen ebenfalls ins Wasser und schwammen heran um zu helfen, tauchten aber unverrichteter Dinge wieder auf. Von Theo Mattisek fehlte jede Spur.

Pauline hatte zitternd gewendet und steuerte auf den Steg zu. Ein noch sehr junger Offizier der bayerischen Schifffahrtsgesellschaft, der sich später als Jakob Brenner vorstellte, half Pauline beim Anlegen.

„Das war ein feiger und hinterhältiger Mord", schnaubte er knotete das Seil mit kräftigen Bewegungen fest. Wenige Augenblicke später erreichte auch Peter die Anlegestelle, triefendnass und vom Schock gezeichnet, und zog sich auf den hölzernen Landungssteg. Der Offizier reichte ihm eine Wolldecke. Peter legte sie sich um die Schultern, ließ sich dann kraftlos auf den Boden sinken und vergrub den Kopf in den Händen. Pauline kauerte sich schluchzend neben ihn.

Mit einem teuflischen Grinsen hatte Hans Reichmann die Szenerie im Schutz der Ligusterhecke verfolgt. Er zückte sein Prepaidhandy und wählte eine Nummer.

„Die Kettenhunde waren erfolgreich."

„Danke, Hauptscharführer", war die knappe Antwort des Mannes am anderen Ende der Leitung. Er rieb sich grübelnd das kantige Kinn, wobei der rote Rubin, der den Siegelring an seinem Mittelfinger zierte, funkelnd aufleuchtete. Nach einem Augenblick des Schweigens beendete er abrupt das Gespräch, lehnte sich in seinem schweren Ledersessel zurück und starrte gedankenverloren auf den überdimensionalen Arbeitstisch aus erlesenem Teakholz.

Wenige Augenblicke zuvor war ihm Meldung gemacht worden, dass der zum Einsatz befohlene Taucher vor der Ausführung seines Auftrags in einen Unfall verwickelt worden war. Trotzdem hatte die Harpune ihr Ziel gefunden.

Der Mann griff zum Telefon und wählte die Nummer, die sie nur im äußersten Notfall verwendeten. Er sprach mit unterdrücktem Beben in der Stimme in den Hörer. „Der Krug ist zerbrochen, aber wir wissen nicht, wer es war. ... Nein, es gab einen Unfall. Unser Mann kann es nicht gewesen sein. Ja, trotzdem ausgeführt ..."

Am anderen Ende der Leitung herrschte nachdenkliches Schweigen.

Er fuhr fort: „Matteo, hör zu: Dieser Krug war ein wichtiges Stück unserer Sammlung. Versucht herauszufinden, wer es war. Ich würde mich nicht wundern, wenn wir den Tollpatsch in unseren Familien fänden. Ihr wisst, was dann zu tun ist."

Ein Knacken beendete das Gespräch. Es gab nicht den geringsten Zweifel: Es musste eine undichte Stelle in ihren eigenen Reihen geben. Nur eine Handvoll hochrangiger Mitglieder wusste, dass die Kettenhunde den Auftrag gehabt hatten, Obersturmbannführer Theo Mattisek zu eliminieren. Auch ihre Partner schienen nicht im Bilde, wie ihm das gerade geführte Telefonat bewies. Wer zum Teufel pfuschte ihm da ins Handwerk?

Es war ehernes Gesetz: wer ihre Sache verriet verwirkte sein Leben. Und trotzdem – ausgerechnet Theo ... er hatte ihn immer sehr geschätzt. Er war entsetzt über die Leichtigkeit, mit der Reichmann einen ehemaligen Kameraden, mit dem ihm doch so viel mehr verband, denunzierte und sogar Befriedigung angesichts dessen grausamen Schicksals zu empfinden schien. Natürlich war ein Agieren gegen die Organisation nicht akzeptabel. Befehl und Gehorsam, Verschwiegenheit und fraglose Pflichterfüllung waren die Grundpfeiler ihres Kodex und die Voraussetzung für das Gelingen der Operation Genesis.

Reichmann würde er jedenfalls vorerst darüber im Dunkeln lassen, dass der beauftragte Attentäter definitiv nichts mit Theos Tod zu tun haben konnte. Die Sache war zu sensibel. Zum ersten Mal, seit er denken konnte, hatte der Feldmarschall die Dinge nicht unter Kontrolle. Wer spielte hier noch mit?

Argentinien, 1961

"Mattisek Theo. Vortreten!"
Die Kompanie war vollzählig aufmarschiert. Hunderte Fackeln tauchten den nächtlichen Paradeplatz inmitten der Tabakplantage in ein feierliches, nahezu unirdisches Licht.
Theo war, wie die anderen Aufgerufenen vor ihm, einen Schritt nach vorne getreten. Am Kragen seiner schwarzen Uniform glänzten die beiden silbernen SS-Runen im Schein der Fackeln. Der Junge war zwar gerade erst siebzehn geworden, aber körperlich bereits ein Mann von 1,80 Meter. Seine markanten Gesichtszüge spiegelten Entschlossenheit und Kampfgeist wieder.
"Männer, Ihr habt die militärische Ausbildung erfolgreich abgeschlossen. Jeder von euch wird von heute an die ihm zugewiesenen Aufgaben im Sinne unserer gemeinsamen Sache bedingungslos erfüllen. Ist das verstanden?" Ihr Kommandeur, ein kriegserprobter Generalleutnant, der sich in der Panzerdivision Frundsberg einen Namen gemacht hatte, musterte die jungen Kämpfer eindringlich, während er sprach.
"Jawohl, Gruppenführer!", schallte es vielstimmig und kräftig über den Platz. Der Offizier ließ die vorgetretenen Männer nochmals in alphabetischer Reihenfolge

*aufrufen und händigte ihnen einzeln das neue Rangabzeichen sowie ein verschlossenes Kuvert aus.
„Mattisek, du bist der jüngste Soldat, den ich je zum Untersturmführer befördert habe. Du stammst aus einer Familie hochrangiger und tapferer Soldaten. Mach ihr keine Schande."*

*„Der General hat mich am Ohr gezogen und mir dann meine Schulterstücke und den Einsatzbefehl ausgehändigt." Aufgeregt legte Theo den grauen Umschlag, der noch mit dem roten Wachssiegel verschlossen war, neben seinen sandigen Arm. Luise lag neben ihm am Strand. Das ruhige Rauschen des Meeres nahm sie nicht wahr. Sie hatte wie gebannt den Erzählungen von Theo gelauscht.
Ihr junges Herz fühlte eine nie gekannte Beklemmung, als sie die freudige Erregung ihres Freundes bemerkte. Dieser rastlose und unbeugsame Trieb, der Sache, wie sie es nannten, folgen zu wollen, war für Luise in diesem Moment nahezu gegenständlich greifbar.
Auch Theos Bruder Erich brannte dafür, vielleicht sogar eine Spur intensiver. Der Fanatismus in den Augen der jungen Männer machte ihr Angst.
„Luise, was ist mit dir?"
Zärtlich fuhr Theo ihr übers Gesicht. Sie wurde rot.
„Theo, bitte lass. Ich bin nicht …"*

„Ich weiß, du bist nicht so eine, aber …", er blickte schüchtern zu Boden. „Ehe ich diesen Brief öffne, der unser Leben verändern wird, will ich dir sagen, dass …"
Bevor er fortfahren konnte, legte ihm das Mädchen mit den jadegrünen Augen und dem dichten blonden Haar, das sie zu einem Pferdeschwanz gebunden hatte, den Zeigefinger sanft auf dem Mund. „Sprich keine großen Worte aus, wenn du ihre Bedeutung noch gar nicht kennst".
In Luises Augen lag eine traurige und unentschlossene Zärtlichkeit. Sie war mit ihren fünfzehn Jahren noch viel zu jung für die Liebe.
„Ich bin vielleicht noch nicht ganz achtzehn", flüsterte Theo. „Aber ich weiß, dass ich dich liebe, Luise, und immer nur dich lieben werde. Wir sind zusammen aufgewachsen, wie Bruder und Schwester. Aber meine Gefühle für dich sind nicht wie die eines Bruders. Ich vermisse dich jeden Augenblick, an dem ich dir nicht nahe bin. Ich sehne mich jeden Abend nach dem Morgen, nur um dich auf dem Weg zum Unterricht kurz zu sehen."
Sie strich ihm durch sein braunes Haar und schmiegte ihren Kopf an seine Schulter. „Jetzt mach den Umschlag schon auf. Ich will wissen, was sie mit dir vorhaben."

EIN FEIGER MORD – ODER MEHR?

„Papa, du musst es mir sagen! Was weißt Du über diese Schweine, die Opa das angetan haben?!" Pauline stand mit in den Hüften gestützten Armen vor ihrem Vater. Sie bebte vor Anspannung und Zorn. Tränen liefen über ihr vom Schock gezeichnetes Gesicht. „Was ist das für eine kriminelle Scheiße, die hier abläuft?" Ihre Stimme überschlug sich.

„Bitte beruhigen Sie sich, Fräulein Kramer." Der junge Mann, der eine blütenweiße Uniform trug, legte der verzweifelten jungen Frau beschwichtigend die Hand auf die Schulter. „Ich habe gerade die Polizei verständigt. Ich hoffe, alles klärt sich schnell auf."

„Ein verdammter Dreck klärt sich auf!" Pauline fuhr wütend herum. „Und überhaupt, woher kennen Sie meinen Namen? Ich wüsste nicht, dass wir uns schon irgendwo begegnet wären!"

„Verzeihung. Jakob Brenner. Ich bin der erste Offizier der *König Ludwig*."

„Lass gut sein, Jakob", Peter Kramer erhob sich erschöpft. Die triefende Kleidung klebte an seinem Körper. „Das ist Jakob Brenner, er ist einer meiner …"

„Zugführer", ergänzte der junge Offizier geschmeidig. „Ich muss mich für meine Unhöflichkeit entschuldigen, Fräulein Kramer. Ich bin der Alarmkompanie Ihres Vaters zugeteilt und tue dort seit zwei Jahren als Oberleutnant meinen Dienst."

„Ach ja?", ätzte Pauline. „So ein komischer Zufall, was? Mein Opa wird hier hinterrücks von einem Froschmann gekillt und mein Pa trifft rein zufällig auf einen Reservistenkameraden! Wollt Ihr mich veräppeln? Was ist hier los, verdammt?" Sie war so zornig, dass sie beinahe schrie. Brenner wand sich und rang sichtlich um eine Antwort, doch Peter warf ihm einen warnenden Blick zu. Jetzt war nicht die richtige Zeit für Erklärungen.

Die Menge, die sie in respektvollem Abstand umgab, tuschelte aufgeregt durcheinander, als sich zwei Personen Zugang zu den Kramers verschafften. Sie stellen sich als Kriminaloberkommissar Mike Laubmeier und Polizeihauptmeisterin Anne Weigert vor. Die Beamten baten die Kramers und Brenner hinüber zum Restaurant, um abseits neugieriger Blicke die wesentlichen Geschehnisse zusammenzutragen und sich ein erstes Bild der Lage zu verschaffen. Während Peter Kramer befragt wurde, mussten Pauline und Brenner auf der Terrasse warten.

„E´ proprio orribile, Signorina Pauline!" Massimo stellte einen Espresso vor Pauline auf den Tisch, den sie dankbar annahm, und blickte sie besorgt an.

„Für mich bitte einen Grappa, wenn's recht ist", bedeutete Brenner.

„Certamente, Signore", antwortete Massimo dienstbeflissen und eilte davon.

Mit zitternden Fingern riss Pauline das Zuckertütchen auf und schüttete den Inhalt in die Tasse. Langsam schien der Schmerz über den Tod des Großvaters Oberhand über den Schock zu gewinnen. Die Erkenntnis traf sie wie ein Schlag. Pauline brach unvermittelt in Tränen aus. Jakob Brenner nahm die junge Frau tröstend in den Arm. „Ich verspreche Ihnen, gnädiges Fräulein, wir werden die Schweine, die dafür verantwortlich sind, finden und zur Strecke bringen."

Paulines Geist war vernebelt von den schrecklichen Geschehnissen, und doch entging ihrem Scharfsinn die sonderbare Formulierung nicht. *Wir werden sie zur Strecke bringen.* Seltsam. Wer war dieser angebliche Offizier und Waffenkumpel ihres Vaters wirklich?

Mike Laubmeier und Anne Weigert saßen Pauline gegenüber. Ihre Augen waren gerötet, aber sie war gefasst. „Wollen wir vielleicht lieber morgen miteinander sprechen?", fragte die Beamtin einfühlsam.

„Nein, es geht schon. Alles ging nur rasend schnell … Wir wollten auslaufen. Opa stand an der Pinne, als er plötzlich von der Harpune getroffen und über Bord gerissen wurde. Papa ist sofort ins Wasser gesprungen. Von dem Schiff, das gerade anlegte, wollten auch ein paar Leute helfen und sind in den See gesprungen. Ich hab dann das Boot gewendet." Sie schluckte schwer. „Haben Sie …?"

„Nein, die Taucher suchen noch. Bisher hatten sie keinen Erfolg. Es tut mir leid."

Laubmeier schaltete sich ein. „Fräulein Kramer, hatte Ihr Opa Feinde?"

„Opa? Nicht, dass ich wüsste. Er ist der großherzigste Mensch, den ich kenne. Kannte." Pauline kämpfte neuerlich mit den Tränen. „Aber fragen Sie das besser Reichmann. Der war sein ständiger Begleiter und Sekretär. Sein Schatten."

„Reichmann, Hans, Jahrgang '40." Laubmeier blätterte in seinen Aufzeichnungen. „Er war heute auch hier? Wir versuchen, Kontakt zu ihm aufzunehmen."

„Opa hat ihn heimgeschickt, kurz bevor wir ausliefen. Er sollte sich für den Rest des Tages freinehmen."

„Wissen sie Näheres über den Sekretär Ihres Großvaters?"

„Nein, nicht viel. Ich mochte ihn nicht sonderlich. Er hat verschlagene Augen."

Anne Weigert legte eine ältere schwarzweiße Aufnahme vor Pauline auf den Tisch. Sie zeigte einen Mann um die sechzig in schwarzer Uniform. „Ist das Hans Reichmann?"

Pauline starrte auf die Aufnahme. Sie erkannte SS-Runen am Kragenspiegel. *Oberfeldwebel Erich Mattisek, Hauptscharführer Odessa, ca. 1998*, stand in sauberer Schrift am unteren Rand der Aufnahme.

„Ja, das ist Reichmann, kein Zweifel. Aber wieso steht da *Erich Mattisek*?", fragte Pauline langsam und blickte unsicher auf.

Laubmeier zuckte mit den Schultern „Gute Frage. Darauf wusste auch Ihr Vater keine Antwort."

„Oder wollte keine wissen", ergänzte seine Kollegin leise.

Argentinien, 1965

Als Theo den Umschlag mit zitternden Fingern geöffnet und gelesen hatte, blickte er mit stolzem Strahlen in den Augen auf. Die Organisation hatte ihn für eine Führungsaufgabe vorgesehen. Er reichte Luise den Brief, die ihn mit ausdrucksloser Miene las und Theo dann fest in die Arme schloss.
„Sie unterziehen sich einer Ausbildung der Betriebswirtschaftslehre an der Universidad National de Cordoba. Melden Sie sich am 14. September bei nachfolgender Adresse."

Seither waren vier Jahre vergangen. Es war wieder Frühsommer, und Theo saß mit dem Diplom in der Tasche im Zug Richtung Mar del Plata, dem Küstenort, wo seine Familie lebte. Endlich würde er Luise wiedersehen! Sie hatten sich während der vergangenen Jahre nur schreiben können – regelmäßig, jede Woche. Weder Theo noch Luise war trotz der langen Zeit gewillt, das Band zwischen ihnen schwächer werden oder gar abreißen zu lassen. Trotzdem war Theo unruhig. Etwas schien sich verändert zu haben. Aus den Zeilen, die ihn regelmäßig erreichten, glaubte er eine zunehmende Distanz oder Unsicherheit herauszulesen.

Als der Zug den Bahnhof des kleinen Küstenorts rumpelnd erreichte, erkannte er in der Personengruppe, die wohl sein Empfangskomitee bildete, sofort seine Mutter. Sie winkte schon von weitem. Und da war auch Luise. Sie hielt die Hand seines Bruders Erich. Ein blitzartiger, schmerzhafter Stich fuhr Theo durch die Eingeweide.

Noch ehe der Zug sein gemäßigtes Tempo weiter drosselte, um in die Haltestation einzufahren, war Theo mit seinem Seesack kurzerhand abgesprungen, geduckt über die Böschung gestolpert und im Dickicht verschwunden. Er lief ziellos durch die dichten Uferwälder. Wut, Verzweiflung und maßlose Enttäuschung tobten in seiner Brust. Kein Zweifel: Er hatte Luise verloren. Seine Luise – an Erich, den Älteren, den adoptieren Bruder, der nur Kraft des Wohlwollens seines Vaters ein Teil ihrer Familie war. Tränen liefen über Theos markantes Gesicht. Als er sie mit einer verzweifelten Geste wegwischte, spiegelte sich in seinen weichen, klugen Zügen erstmals eine unerbittliche Härte.

Theo lief weiter, ziellos erst, eine Stunde lang, zwei. Irgendwann zog es ihn Richtung Meer, Richtung Strand. Dorthin, wo er mit Luise so viele verzauberte Stunden verbracht hatte. Stunden, in denen sie sich nur angesehen, die Wärme des anderen gespürt und sich in Träumen von einer gemeinsamen Zukunft verloren hatten. Er hörte schon die Wellen und sah die großen Dünen, als er plötzlich einen erstickten Schrei wahrnahm. Instinktiv ließ er seinen Seesack fallen und rannte, rannte aus dem Uferwald heraus und auf das Meer zu.

Er sah Erich mit einem hämischen Grinsen zwischen Luises Beinen knien. Sein Bruder drückte das um sich schlagende Mädchen mit roher Gewalt zu Boden und zerrte an ihrer Unterwäsche. Seine Hand war auf ihren Mund gepresst. „Mal schauen, ob mein Schwengel nicht besser in dein Loch passt! Du gehörst jetzt mir!", presste er hervor und packte Luise noch fester.

Mit zwei großen Schritten war Theo über Erich und hieb mit einem animalischen Brüllen ansatzlos auf seinen Stiefbruder ein, der, von der Wucht der plötzlichen Attacke unvorbereitet getroffen, zur Seite kippte und Luise freigab. Das Mädchen rappelte sich schluchzend auf, raffte voller Panik seine Sachen zusammen und rannte los, im tiefen Sand immer wieder den Halt verlierend, bis sie den weichen Waldboden erreichte und zwischen den Ästen verschwand. Was sich am Strand entwickelte, schien ein ungleicher Kampf zu werden. Erich, der Ältere und Stärkere, der ausgebildete Einzelkämpfer, starrte seinen

*Bruder Theo hasserfüllt an. Der stand schwer atmend breitbeinig vor ihm, rasend vor Zorn über das, was er gerade mitansehen hatte müssen.
„Hast du nicht einen Funken Ehre im Leib, du Stück Scheiße?!", fauchte er Erich an, der ohne zu zögern auf ihn losging und nach seiner Kehle griff. Doch Theo war schnell und wendig; er hatte während des Studiums hart und ausdauernd verschiedene Kampfsportarten trainiert und gelernt, sich in jeder Situation zu verteidigen.
Erich war überrascht, wie behände Theo seiner Attacke auswich, ließ sich aber nicht lange beirren. Ungestüm und mit brachialer Gewalt setzte er zum nächsten Angriff an.
Theo nutzte geschickt die ungezähmte Energie des neuerlichen Vorstoßes und wendete sie mit einem entschlossenen Griff gegen seinen Gegner, der abrupt von den Beinen gerissen wurde. Durch den unerwarteten Niederschlag wurde Erich noch wütender, rappelte sich auf und hämmerte mit den Fäusten voller Sand wie von Sinnen auf seinen Widersacher ein, der mit tränenden Augen versuchte, den Schlägen auszuweichen.
Ein schwerer Kopftreffer ließ Theo taumeln. Er spürte Blut in seinem Mund und sah die Mordlust in Erichs Augen. Dann folgte schon der nächste Ansturm. Theo wich nicht aus. Blitzschnell stach er*

Erich kraftvoll mit zwei Fingern gegen den Solarplexus. Erichs Augen weiteten sich ungläubig. Wie in Zeitlupe ging er in die Knie und brach zusammen. Sein gesamter Oberkörper klappte wie gelähmt in den Sand. Theo stand über ihm, seine geballte rechte Faust zu einem weiteren Schlag ins Genick des Gegners hoch erhoben.
„Lass ihn, Theo, er hat genug." Adam hielt Theos Arm zurück. Erst jetzt nahm Theo wahr, dass hinter ihm Luise mit einer Handvoll Männer am Strand stand. Sie keuchte, ihr Kleid war zerfetzt. Dann lief sie auf Theo zu und umarmte ihn stürmisch.
„Mein Theo, endlich", flüsterte sie und brach in Tränen aus.
„Ich dachte", murmelte Theo, das Gesicht in Luises Haaren vergraben, „du und Erich …?"
„Nein! Niemals! Ich hab immer nur an dich gedacht. Wir gehören doch zusammen!" Sie kämpfte sichtlich gegen ihre Tränen. „Als Erich den Zug kommen sah, hat er einfach meine Hand genommen, und ich hab es zugelassen. Er war immer wie ein Bruder zu mir, und ich dachte, er freut sich ebenso über deine Rückkehr wie ich. Als du nicht ausstiegst, sagte er, wir sollten dich suchen – an Orten, die dir etwas bedeuten. So sind wir zum Strand gelaufen und er", Luises Stimme brach, „fiel einfach über mich her." Theo

umfasste sie fester und strich ihr zärtlich über den Rücken, als wolle er ein verzweifeltes Kind beruhigen. Währenddessen umringten die Männer den stöhnenden Erich.

„Mattisek, steh auf! Du hast dich unehrenhaft benommen und stehst ab sofort unter Arrest." Adams Ton war kalt und hart. Mit einer herrischen Kopfbewegung bedeutete Wallner zwei jungen Burschen, den immer noch bewegungsunfähigen Mann hochzuhieven und fortzubringen. Tags darauf würde das Tribunal über sein weiteres Schicksal entscheiden.

Am nächsten Morgen hatte Adam Wallner das aus fünf Männern zusammengesetzte Ehrengericht einbestellt. Jeder einzelne von ihnen war ranghöher als Hauptsturmführer Erich Mattisek. Sein sofortiges Eingeständnis der Tat, Luises Verzicht auf ein förmliches Verfahren und vor allem die Tatsache, dass sein Vater, Adam Bauer, vor vielen Jahren Viktor Mattiseks Leben gerettet hatte, führten zu einem vergleichsweise milden Urteil: Er verlor das Anrecht, den Namen seiner Pflegefamilie zu führen, deren Ansehen er durch sein unehrenhaftes und schändliches Verhalten besudelt hatte. Außerdem erkannte man ihm seinen Dienstgrad ab und degradierte ihn zum Hauptscharführer. Trotz seiner Ausbildung würde er nun nie wieder einen Offiziersrang bekleiden.

Um seine Ehre wiederherzustellen bat Erich darum, Theo fortan als Beschützer und Ratgeber begleiten zu dürfen. Er schwor, ihm und seiner Familie unbedingten Gehorsam entgegenzubringen – wissend, dass die Organisation schon den geringsten Verstoß gegen diese Verpflichtung mit seinem sofortigen Tod ahnden würde.
Viktor Mattisek bat seinen Sohn Theo, großherzig zu sein.
„Wenn er nur eine Spur des Blutes seines Vaters in den Adern hat, wird er alles tun, um seine Schmach zu tilgen."
„Wie du meinst, Vater." Theo nickte militärisch knapp. Zuneigung zu seinem Adoptivbruder würde er nicht mehr empfinden können, das wusste er.
Erich ging auf Luise zu und bot ihr die Hand. „Gestatten, mein Name ist Hans Reichmann. Ich stehe in Ihrer Schuld, gnädiges Fräulein, und bedauere mein Verhalten zutiefst."
Luise schüttelte traurig den Kopf. Sie war nicht imstande, die angebotene Hand zu berühren. „Warum nur, Erich? Ich hatte dich doch nie ermutigt." Sie wandte sich ab.
„Ich werde meine – und ihre – Ehre wiederherstellen. Das schwöre ich." Reichmann verbeugte sich knapp und verließ den Raum.

Lag in seinen Augen echtes Bedauern oder Verschlagenheit? Luise wusste es nicht. Erich Mattisek, jetzt Hans Reichmann, hatte seinen ursprünglichen Vornamen und den Mädchennamen seiner Mutter gewählt. Vielleicht weiß er jetzt endlich, wohin er gehört, *dachte sie.*

Peter Kramer erwartete seine Tochter auf der Terrasse des Inselrestaurants. Es war inzwischen 17.30 Uhr. Das letzte Schiff fuhr gerade Richtung Prien aus.

„Komm her, meine Große", Peter umarmte seine Tochter. „Wir bringen die *Genesis* zurück. Jakob hilft uns." Brenner stand bereits an der Pier und sprang an Bord des Seglers, während er Pauline erklärte, wie gut er mit solchen Seglern umgehen könne.

Die Rückfahrt verlief schweigsam. Als sie an der Stelle vorbeifuhren, wo Opa über Bord gegangen war, konnte Pauline ihren Blick nicht vom Wasser lösen.

„Wir werden sie kriegen", knurrte Brenner, als er den starren Gesichtsausdruck des Mädchens registrierte. „Ich meine … die Polizei wird sie kriegen", verbesserte er sich schnell, als er den mahnenden Blick Kramers wahrnahm.

Bald hatten sie den Priener Hafen erreicht und machten die *Genesis* fest. Anschließend sammelten sie die Kleidungsstücke und Taschen zusammen, die sie mit an Bord genommen hatten.

In der Seitentasche der Segeljacke, die Theo wegen der Hitze abgelegt hatte, fand sich der Schlüssel des Maybach. Sie gingen zum Wagen. Der Motor sprang surrend an, und Peter Kramer lenkte die Limousine lustlos Richtung München.

„Glaubst du nicht, es ist an der Zeit, mich einzuweihen?", fragte Pauline nach einer Weile bedrückter Stille. Brenner hatten sie an der Pier zurückgelassen, aber irgendetwas sagte ihr, dass sie den jungen Mann bald wiedersehen würde. Er gefiel ihr.

„Einweihen? In was denn?", fragte Kramer gekünstelt.

„Na, Du könntest mir zum Beispiel endlich erklären, warum du eine Knarre in der Hose stecken hast, die die Bullen offensichtlich gesehen, aber dir trotzdem nicht abgeknöpft haben. Wer, verkackte Scheiße, bist du wirklich?!", fauchte Pauline wütend.

„Ach Paulchen, Paulchen, das ist alles so kompliziert und gefährlich."

„Nix Paulchen! Es hat sich ausgepaulchent!" Sie schäumte vor Wut. „Kompliziert sagst du? Umso besser! Ich liebe es kompliziert und gefährlich – schließlich bin ich doch deine Tochter. Bin ich doch, oder?"

„Na, darauf kannst du deine ganze Welt verwetten und die deiner Mutter auch!" Peter Kramer schüttelte fassungslos den Kopf. Er hatte die ganze Sache offensichtlich vollkommen unterschätzt – in jeder Hinsicht.

Lissabon, November 1944:

Viktor Schindler stand an der Reling des Frachters, der in wenigen Stunden den neutralen Hafen Lissabon verlassen und sich dem Konvoi anschließen würde, der nach Südamerika aufbrach. Sie hatten bis hierher eine abenteuerliche Reise hinter sich – und eine sehr gefährliche vor sich. Viktors Frau Ruth war, kurz bevor sie Prag verlassen mussten, von einem gesunden Jungen entbunden worden. Die Strapazen der Geburt lasteten noch immer auf ihr, doch Erholung war der zierlichen Frau aus aristokratischem Hause auf der Flucht nicht gegönnt. Dennoch ertrug sie ihr Schicksal und das Los einer ungewissen Zukunft unerschütterlich. Sie glaubte an das Projekt Genesis, und bei dem Gedanken, dass ihre Familie, ihr Sohn und ihr kleiner Schützling eine maßgebliche Rolle dabei spielen würden, erfüllte sie tiefer Stolz. Sie waren Teil einer Gruppe Auserwählter. So fühlte sie sich zumindest.

„Welche Dokumente wollen Sie?", fragte der Mann im grauen Ledermantel, der sie über die Grenze nach Portugal gebracht hatte, an Viktor gewandt. Den Grenzbeamten schien er gut bekannt zu sein – sie nickten ihm kurz zu, nachdem er ein gelbbraunes Kuvert durch den Spalt in der Glasscheibe des Grenzwärterhäuschens geschoben hatte.
„Die österreichischen Pässe, bitte. Viktor und Ruth Mattisek sowie ihre Söhne Theo und Erich", wies Schindler den Schleuser an.
„Gut."
„Geburtsdaten und Anschriften bekommen Sie noch heute telefonisch aus der Zentrale", ergänzte Viktor Schindler knapp.
„Sie werden alles Gewünschte an Bord vorfinden, Obersturmbannführer." Ihr Begleiter nickte kurz zum Abschied. „Hinter der Biegung wartet der Wagen, der Sie ins Quartier bringt. Dort erhalten Sie weitere Nachricht."
„Danke, Reitner. Alles Gute für Sie." Viktor Schindler alias Viktor Mattisek drückte dem verdutzten SD-Mann die Hand. Woher kannte Schindler seinen Namen? Alles schienen sie zu wissen … Die Organisation musste wirklich mächtig sein.
Viktor nahm den schweren Rucksack und die beiden Koffer auf. Erich, der knapp Vierjährige, zerrte

Ruths Tasche hoch.
„Ich trage das für dich, Mama", wandte er sich an die Frau, die das kleine Bündel fest an sich presste. Dieser Mann und diese Frau waren jetzt Mama und Papa. Daran würde er sich gewöhnen müssen.
Sein „Bruder" Theo schlief an der Brust der Mutter. Segen des Säuglingsalters: Er verschlief die Flucht aus einer anderen Welt.
Ein Hüne von Mann wartete, an einen klapprigen Lieferwagen gelehnt, auf sie. Er stand unbewegt, machte keinerlei Anstalten, Hand anzulegen. Viktor öffnete die Beifahrertür und half Ruth in die enge Fahrerkabine. Er selbst fand mit Erich und den Koffern auf der Ladepritsche Platz. Der grobschlächtige Mann stieß sich vom Wagen ab, schob sich mürrisch hinter das Lenkrad und startete den Motor. Er mochte diese zwielichtigen Gestalten nicht, die er seit Wochen vom Grenzpunkt zum Hafen gondelte. Deutsche! Wie er dieses Pack hasste! Zuerst stecken sie die halbe Welt in Brand, und dann ziehen sie den Schwanz ein und gehen stiften! Er dachte an seinen Cousin Enzo, der in Genua lebte und glänzende Geschäfte machte – mit den „Ratten", die begannen, die Flucht aus ihrem „Reich" anzutreten.
Na, uns kann es egal sein. Wir verdienen mit denen und ihrem Krieg gutes Geld. Wir bedienen jeden

mit allem, solange die Kohle stimmt, *grinste er in sich hinein. Und eines wusste er auch: Sein Geld bekam er. Zuverlässig und pünktlich. Die Deutschen musste man nicht mögen, aber auf sie war Verlass. Diese Erfahrung hatte er schon in den frühen Dreißigern gemacht, als er in Spanien zusammen mit deutschen Söldnern auf Seiten der Franco- Putschisten kämpfte.*

Nach einer knapp zweistündigen Fahrt hielt der Wagen an einem alten Gutshof. Auf ein kurzes Lichtsignal des Fahrers hin wurden die beiden hölzernen Flügeltüren geöffnet. Der Wagen fuhr in den von Mauern umschlossenen Innenhof, der ein kleines Gebäudeensemble schützte. Mit einer knappen Handbewegung bedeutete der Fahrer seinen Passagieren auszusteigen. Viktor hob zuerst Erich, dann das Gepäck von der Ladefläche. Dann half er seiner Frau aus dem Wagen.

Ohne Gruß und ohne ein Wort gesprochen zu haben, wendete ihr Fahrer den heruntergekommenen Kleinlaster und verließ das Gut. Morgen würde er um tausend Franken reicher sein und den nächsten Transport abwickeln.

„Willkommen, Herr Viktor." Ein hagerer Mann mit grauem Haar und korrekt sitzendem Anzug erschien in der Tür des kleinen Herrenhauses. „Ich hoffe, Ihre Reise war nicht allzu beschwerlich. Wie ich sehe,

hat sich bei Ihnen Nachwuchs eingestellt, herzlichen Glückwunsch, gnädige Frau."
„Černý! Sie hier?" Ruth war verblüfft. Kein Geringerer als der persönliche Adjutant des Reichsstatthalters von Prag, Josef Černý nahm sie hier in Empfang. „Wie kommen Sie ...?"
„Die Wege der Organisation sind unergründlich, gnädige Frau. Darf ich?" Er war an sie herangetreten und nahm ihr vorsichtig das Bündel mit dem schlafenden Theo ab. Mit einer vorsichtigen Bewegung schob er das dünne Tuch vor dem kleinen Gesicht ein wenig zur Seite.
„Ein netter kleiner Bursche! Und schon ein beachtliches Stück gewachsen, wie mir scheint. Gut so ... er und Erich sind unsere Zukunft."
Er fuhr über das Haar des Vierjährigen, der sich neben ihn gestellt hatte.
Viktor war erstaunt. Černý kannte offenbar jedes Detail, seine Familie betreffend – inklusive ihrer neuen Identitäten. Er blickte den Älteren wachsam an. Kannte er auch den vollständigen Inhalt seines Marschbefehls?
„Kommen Sie bitte, drinnen gibt es Eintopf und frischen Kaffee. Nichts Besonderes, aber zumindest warm. Ich lasse das Gepäck gleich auf Ihr Schiff bringen. Sie können sich hier bis morgen etwas erholen."

Dankbar nahm Ruth Schindler die Einladung an. Nach dem kargen, aber schmackhaften Essen erfuhr Viktor, dass es im Reich schlecht stand. Es gab kaum noch militärische Erfolge. Der Mehrfrontenkrieg, den Hitler gegen den Rat seiner Generäle eingegangen war, die Katastrophe von Stalingrad, die Invasion in der Normandie und die immer breiteren Frontlinien im Osten raubten der deutschen Wehrmacht die letzten Kräfte.
Hinzu kamen erhebliche logistische Probleme. Dieser Krieg war nicht mehr zu gewinnen; sein Ende würde für Deutschland und das deutsche Volk furchtbar sein. Nach Versailles würden sie wieder einmal in den Staub der Geschichte gedrückt – gedemütigt und mehr erniedrigt als je zuvor.
Nach einem kurzen Imbiss ruhte sich die Familie aus, ehe sie gegen Morgen Richtung Hafen weitergeschleust wurde. Ruth und die Kinder waren sofort erschöpft auf den Pritschen ihrer kleinen Kabine eingeschlafen. Viktor brauchte Luft und ging an Deck. Er umklammerte die Reling so fest, dass sich seine Fingerknochen weiß von seinen gebräunten Handrücken abhoben. Ausdruckslos starrte er auf die offene See. Die Papiere, ein versiegeltes Kuvert sowie ein Koffer mit 100.000 Schweizer Franken lagen neben ihrem Gepäck in der Kabine. Der

dumpfe Ton der Schiffssirene war das Zeichen zum Auslaufen.
Morgen früh würden sie auf dem Weg in ein neues Leben sein. Ein Leben mit klarem Auftrag. Ein Auftrag, der nur dem „Inneren Zirkel" der Organisation anvertraut worden war: Deutschland wieder Achtung und Respekt in der Welt zu verschaffen. Wenn alles gut ging, würden sie vielleicht irgendwann tatsächlich über einen großen Teil der Welt herrschen. Es gab nichts Besseres als ihr System, ihre Härte, ihren Willen, ihren Gehorsam – für Deutschland. Deutschland, Deutschland über alles!
Er, Viktor Mattisek, war der auserwählte Führer der 230 Personen, die in Argentinien den Brückenkopf der inneren Organisation ODESSA aufbauen würden. Sein Marschbefehl enthielt die Bestellung zum Generalfeldmarschall. Nicht zum Reichsführer. Der Kommandokreis, der die Unternehmung geplant hatte, setzte bewusst auf den höchsten Rang, den die Wehrmacht zu vergeben hatte. In der Truppe zählten die soldatischen Tugenden, Anstand und Ehre weit mehr. Diese Begriffe waren von den obersten „Führern" der SS in den Dreck getreten worden. Auch das mussten sie ändern. Sie hatten den Auftrag, ein neues Netzwerk zu formen und mit ihm die Basis für das Projekt Genesis zu schaffen.

Ein Projekt, dass das vollenden würde, was der Gefreite Hitler und sein Umfeld wie Göring, Himmler, Eichmann und andere so schmählich verraten und verspielt hatten. Mattisek schnaubte verächtlich. So viele junge Männer waren den sinnlosen Befehlen dieser Irren zum Opfer gefallen!

Die „Innere ODESSA" bestand aus führenden und ihrer Sache strikt verpflichteten Köpfen der SS, Waffen-SS, SD und Wehrmacht. Sie alle wollten nichts gemein haben mit Verbrechern wie Hitler, Heydrich, Freisler, Höß, Göbbels und den anderen Wahnsinnigen. Ja, sicher, auch für sie galt „Deutschland über alles". Die Massenmorde und die menschenverachtende Behandlung von Kriegsgefangenen aber widerte sie an. Damit wollten sie nichts zu tun haben.

Viele von ihnen hatten im Rahmen ihrer Möglichkeiten und häufig unter Lebensgefahr versucht, Menschenleben zu retten, um dem irrsinnigen und unsinnigen Schlachten auf den Kriegsschauplätzen ein Ende zu bereiten. Sie fühlten sich stattdessen den alten soldatischen Idealen, ihrer Ehre und ihrer glühenden Liebe zu ihrem Vaterland verpflichtet. Dafür hatten sie, ihre Väter und Großväter alles gegeben – auch ihr Blut.

Ihr Netzwerk reichte bis in Hitlers engeren Führungskreis, das OKW, den SD und die Generalstäbe von Luftwaffe und Marine. Immer wieder hatten sie im Geheimen Kontakt zu den Alliierten aufgenommen, um unter anderem die Möglichkeit eines Waffenstillstandes auszuloten. Seit Hess mit seiner Englandmission gescheitert war, wussten sie, dass die andere Seite nach Kriegsende nicht unterscheiden würde: Sie alle würden einer generalisierenden Feme ausgesetzt werden. Schon einmal hatten viele von ihnen erlebt, wie ungerecht und undifferenziert Siegermächte mit Verlierern umgingen. Sie würden alles verlieren – viele ihr Leben, andere „nur" Hab und Gut ... Alle aber ihre Ehre, die ihnen heilig war. Auch diese Erkenntnis schürte ihre Besessenheit. Ein zweites Versailles würden sie zwar erdulden müssen, vor dieser Schande aber nicht ohnmächtig kapitulieren. Sollten sich die Sieger nur in Sicherheit wiegen! Sie würden sie mit ihren eigenen Waffen und ihrer Gier nach der absoluten Macht schlagen ... irgendwann.

Für die scharfsinnigen Analysten unter ihnen zeichnete sich sehr bald ab, dass Russland und der amerikanisch dominierte Westen nach Kriegsende nicht nur ihr geliebtes Vaterland unter sich aufteilen würden. Ihnen war klar, dass die Siegermächte

einerseits den verhassten und wirtschaftlich starken Machtpuffer im Zentrum Europas endgültig vernichten wollten. In der letzten Konsequenz würde das zu einem unmittelbaren territorialen Nachbarschaftskonflikt zwischen zwei diametralen Weltanschauungen und politischen Ideologien führen.
Sie alle, die sich verschworen hatten, ihrem geliebten Deutschland wieder Achtung zu verschaffen, sie alle lebten die alten soldatischen Ideale: Ehre, Treue und fanatische Liebe zu ihrem Vaterland. Es einte sie auch, dass sie in einer Welt und einer Gesellschaft voller Tradition sozialisiert worden waren. Auch deshalb waren sie davon überzeugt, dass sie die Idee von einem Deutschland mit politischem Macht- und Führungsanspruch in einem zunehmend diffusen Europa nicht aufgeben durften.
Was lag also näher, als sich diejenigen zunutze zu machen, die fanatisch um den Sieg von Kapitalismus oder Kommunismus streiten würden? Sie würden geschickt beide Seiten von der Nützlichkeit überzeugen, sich in diesem künftigen Krieg der Ideologien einer Organisation zu bedienen, die hervorragende Netzwerke und umfangreiche Kenntnisse zu bieten hatte: der ODESSA.
Viele konnten mit Hilfe unterschiedlichster Geheimorganisationen des Ostens und Westens Nazi-

deutschland verlassen. Dass auch Abschaum wie Bormann oder Mengele darunter war, die jahrelang angeblich unentdeckt leben konnten, zeigt, wie sehr ihr Plan aufging, die ODESSA als Fluchtorganisation zu tarnen.
Dem engeren Zirkel der ODESSA war es zuwider, dass diese Verbrecher sozusagen zwangsläufig Teil ihres großen Netzwerkes wurden. In ihren Augen waren sie Verbrecher, Verräter des eigenen Volkes. Aber sie nahmen diesen „Kollateralschaden" in Kauf; half er ihnen doch, ihre wirklichen Pläne im Geheimen voranzutreiben – ohne dass die, die sie mit Wissen und Wirken bedienten, Verdacht schöpften. Sie, die „Innere O", waren ein geheimer und mächtiger Bund innerhalb eines Netzwerkes, dessen Existenz bis heute – wohl wegen der Verstrickung führender Geheimdienste – hartnäckig geleugnet wird.

EIN SIMPLER EINBRUCH?

Peter Kramer steuerte den Maybach in die Einfahrt ihres Grundstücks. Sie waren zu Hause. Pauline hatte während der restlichen Fahrt kein Wort mehr gesagt und verließ jetzt verstört den Wagen.

„Warte bitte, Pauline!" Kramer klang besorgt. Obwohl sie traurig und wütend gleichermaßen war, gehorchte sie ihrem Vater, der mit einer schnellen Bewegung die grobe und offenkundig schwere Leinentasche aus dem Kofferraum pflückte.

„Bleib hinter mir", befahl er Pauline in einem Ton, der keinen Widerspruch duldete. Gemeinsam setzten sie sich Richtung Eingangstür in Bewegung.

„Was, verdammt nochmal, soll das jetzt?" Pauline war genervt.

Kramer legte warnend den Zeigefinger auf seinen Mund.

„Ich fürchte", sagte er gepresst, „wir haben Besuch." Pauline sah in die Augen ihres Vaters und erschrak ob der Kälte, die in ihnen lag.

„Bleib dicht hinter mir und konzentrier dich." Er drückte Pauline die Glock in die Hand, die in seinem Hosenbund gesteckt hatte. Pauline kannte die Waffe aus dem Schießclub, in dem sie mit ihrem Vater regelmäßig trainierte. Sie wusste mit der Pistole umzugehen.

„Sie ist geladen und gesichert", flüsterte Kramer und zog eine Uzi aus der Leinentasche. Geduckt öffnete er die Tür und betrat, gefolgt von Pauline, vorsichtig und langsam sein Haus. Nichts rührte sich. Die Dämmerung war bereits hereingebrochen; alles war in ein graues, diffuses Licht getaucht.

Paulines Herz klopfte bis zum Hals. In welch gottverdammten Film war sie hier geraten? Sie schlichen langsam den Flur entlang, dicht an die Wand gedrückt. Am Ende des Gangs lag der großzügige Wohn-/Essbereich, daneben Kramers Arbeitszimmer, aus dem ein Schatten in den Flur fiel. Der Schatten bewegte sich. Peter bedeutete seiner Tochter stehenzubleiben.

Pauline ging ganz automatisch in die Hocke, die Waffe im Anschlag. Kramer schlich weiter – und sprang unvermittelt mit einem einzigen, großen Satz in den Türrahmen des Arbeitszimmers. Im nächsten Augenblick explodierte helles Licht, das Pauline zwang, den Kopf abzuwenden und die Augen fest zu schließen. Der Eindringling hatte eine Blendgranate gezündet und sprang nun behände aus der weit geöffneten Terrassentür. Die Kerle hatten wirklich an alles gedacht.

Kramer ging benommen zu Boden, hörte aber Paulines panischen Schrei. Ein zweiter Eindringling hatte seine Tochter entwaffnet und hielt ihr die Glock an die Schläfe. Peter nahm im schwindenden Licht einen schmierigen Typen mit Vollglatze in lederner Rockerkleidung wahr, vierschrötig und tätowiert wie eine Landkarte.

Er stank abscheulich nach Angst und Schweiß. Seinen muskulösen Unterarm hatte er um Paulines Kehle gelegt. Mit angstverzerrtem Gesicht stand sie bewegungslos vor ihm, ihr Rücken an seinen Oberkörper gepresst.

Kramer richtete sich auf, legte die Uzi behutsam auf den Boden und hob langsam die Hände.

„Lass sie los, um Himmels Willen! Sie hat mit der Sache nichts zu tun", sagte er leise, flehend.

„Scheiß auf den Himmel, in der Hölle ist es sicher spannender", zischte der Glatzkopf. „Ich denke, mit dieser heißen Schnitte werd ich noch viel Spaß haben", grunzte er provokant und leckte am Hals seiner Geisel. Pauline würgte. „Und später", seine Stimme wurde leiser und drohender, „knall ich euch beide ab. Die feige Sau, die sich gerade verpfiffen hat, erledige ich auch noch", knurrte er und erhöhte den Druck auf Paulines Hals.

„Ich hab Kohle im Tresor – du kriegst alles, wenn du sie loslässt!"

„Deine Kohle kannst du dir in den Arsch schieben, Mann! Die hilft mir nichts, wenn ich meinen Auftrag nicht erledige."

„Welchen Auftrag?", fragte Kramer. „Bist du sicher, dass wir die Richtigen sind?"

Der Einbrecher schien einen Moment verunsichert und lockerte dabei unbewusst den Griff, mit dem er Pauline umklammerte. Das war ihre Chance – und sie nutzte sie, automatisch, routiniert, wie sie es hundertmal geübt hatte.

Mit aller Kraft, die in ihr steckte, hieb sie ihren angewinkelten Ellenbogen in die Leber des Angreifers, der sich stöhnend krümmte, überrascht von der Wucht des Schlages und dem plötzlichen Schmerz. Pauline packte blitzschnell den Arm, der sie jetzt nur noch schlaff umfasste, und riss ihn mit ihrem gesamten Körper abrupt herum. Der Koloss fiel zu Boden. Im gleichen Augenblick beförderte ihn ein gezielter Handkantenschlag von Peter Kramer in die Besinnungslosigkeit.

„Bist du wahnsinnig?!", brüllte Peter seine Tochter an. „Der hätte dich abknallen können!"

„Hätte er nicht. Der Vollpfosten hat die Waffe nicht entsichert!", keuchte Pauline. Kramer verschnürte den gefällten Riesen mit stabilen Kabelbindern, die er aus seiner Tasche zauberte. Dann schleifte er den schweren Körper in den Heizraum, wo er ihn bäuchlings mit nach hinten gebundenen

Armen und Beinen am Heizkessel fixierte. Pauline blieb im Wohnzimmer zurück.

Der Glatzkopf war inzwischen wieder zu Bewusstsein gekommen.

„Wenn du nochmal versuchst, meine Tochter oder meine Familie anzugreifen, reiß ich dir die Eier ab, stopfe sie dir ins Maul und schneide dir anschließend die Kehle durch, du fettes Stück Scheiße", raunte Kramer dem am Boden Liegenden drohend zu. Der grinste hämisch. „Du und die Kleine seid Geschichte! Euch kann keiner mehr helfen!"

„Wie – Geschichte?" Pauline stand im Türrahmen, das iPhone in der Hand. „Die Polizei ist unterwegs."

Kramer fuhr herum: „Pauline, pack uns ein paar Sachen! Frag nicht, ich erklär es dir später – schnell jetzt!" So verstört Pauline auch von den Ereignissen des Tages war, sie gehorchte widerspruchslos und lief nach oben.

Gutes Mädchen! Der trotz allen Verwöhnens unbarmherzige Drill, den er und Theo Pauline über all die Jahre hatten angedeihen lassen, tat seine Wirkung – und das war gut so. Sie musste jetzt einfach nur funktionieren, denn sie beide waren in Lebensgefahr. Kramer hinterließ auf einem Blatt Papier eine Handynummer und steckte es dem

Gefangenen gut sichtbar in den Aufschlag seiner Lederjacke. Brenner würde alles Weitere erledigen

VIELE FRAGEN

Pauline stand mit einem Trolley an der Tür und sah, wie ihr Vater mehrere Bündel Geld und einen Stapel Pässe aus dem verborgenen Tresor nahm, der in den Fußboden unter Peter Kramers Schreibtisch eingelassen war. Kramer packte Geld, Dokumente und die Schnellfeuerpistole in die graue Tasche, schob die Glock in den Hosenbund und eilte auf Pauline zu.

„In die Garage, wir nehmen den Dreier!" Pauline lief voran. Ihr Vater hatte bei ihrer Ankunft den Maybach so geschickt in der Einfahrt geparkt, dass sie das Anwesen mühelos mit dem M3 verlassen konnten. Mit einem Fauchen sprang der 600 PS-starke Sportwagen an, und schon waren sie auf der Straße.

Als sie in die Ausfallstraße einbogen, sahen sie einen weißen Audi mit hoher Geschwindigkeit auf sich zukommen. Am Steuer saß Kommissar Laubmeier, neben ihm seine Kollegin Weigert. Ob die Polizisten sie erkannt hatten, wusste Peter nicht. Er drückte aufs Gas, und der BMW schoss wie entfesselt nach vorne. Pauline musterte ihren Dad aufmerksam. Sein Blick war konzentriert auf die Straße gerichtet. Sie fühlte, wie es in ihm arbeitete.

„Und?", fragte sie so kühl es ihr möglich war.

„Und was?" Ihr Vater ließ keinen Augenblick in seiner Konzentration nach.

„Was – außer einem ermordeten Großvater, einem Überfall mit möglicher Todesfolge und einer Flucht vor der Polente – hast du heute noch so für mich auf Lager, Peter Kramer? Oder bist du gar nicht Peter Kramer?" Sie deutete auf die graue Leinentasche, die bestückt mit diversen Pässen auf dem Rücksitz lag.

„Ich bin Peter Kramer, du bist meine Tochter." Kramer stockte. „Und ich arbeite für den MAD, seit Jahren, in einer verdeckten Ermittlung. Wir haben uns in den Führungszirkel der ODESSA eingeschleust."

„Ich scheiß mich an." Pauline war perplex. „Mein Dad ist ein …", sie suchte nach Worten, „… ein verhinderter James Bond. Das ist doch alles nicht wahr, oder?"

„Doch, Pauline. Schon sehr lange. Ich wurde noch während meiner Bundeswehrzeit angeworben und paramilitärisch ausgebildet. Mein Auftrag hat mit der ODESSA zu tun. Du weißt, was das ist?"

„Ja, klar. Organisation deutscher, ehemaliger SS-Angehöriger – ODESSA. Vorwiegend in Südamerika ansässiges, international tätiges Syndikat mit höchstdubiosen Verbindungen zum organisierten Verbrechen", fasste Pauline konzentriert zusammen. „Ursprünglich als Fluchthilfeeinrichtung gedacht, hat sich die Organisation dann später angeblich verschworen, das Vierte Reich auferstehen zu lassen. Ob das allerdings ein Mythos oder Wirklichkeit ist, darüber streiten sich die Gelehrten."

„Respekt Paulchen, gut aufgepasst in Geschichte." Kramer war erstaunt. So viel Hintergrundwissen hätte er bei seiner Tochter nicht vermutet.

„Nö, nur politisch interessiert und viele Filme geguckt. Was da allerdings nicht drin vorkam war, was das alles mit uns zu tun hat", erwiderte die knapp.

„Opa Theo."

„Du willst mir aber jetzt nicht sagen, dass Opa Theo ein Nazi war, oder?!"

Peter Kramer schwieg eine Weile. Man sah, wie es in ihm arbeitete. „Ob Nazi oder nicht – er war jedenfalls ein führender Kopf der Inneren ODESSA."

„Das ist jetzt nicht dein Ernst!" Pauline starrte aus dem Fenster, fassungslos. Ihr geliebter Großvater ein Verbrecher. Ihr Vater ein Agent. Und die Mutter ...?

Als hätte er die Gedanken seiner Tochter erraten, fuhr Kramer fort: „Deine Mutter war in der Organisation zuständig für die internationalen Abkommen und die politischen Beziehungen zu gewissen Regimen, die der Sache dienlich sein konnten."

„Meine Mutter war eine von diesen Nazinutten?!" Pauline wurde aggressiv.

Peter Kramer versuchte zu beschwichtigen. „Deine Mutter war geprägt von Theos Erziehung, dem Drill der Organisation, aber ... „

„Aber was?"

„Sie wollte aussteigen."

„Ja, ist doch prima. Hast Du ihr dabei geholfen?"

„Ich konnte nicht."

„Wie, du konntest nicht?"

„Wir waren gerade dran, einen von uns in den Führungszirkel der Inneren ODESSA einzuschleusen."

„Na und? Oh ... das warst du, oder?" Pauline starrte ihren Vater an.

„Ja, das war ich." Peter Kramer nickte nachdenklich. „Deine Mutter wusste nichts von meiner Tätigkeit für den MAD, und sie durfte es auch nicht wissen. Das hätte uns alle, einschließlich dich, in Lebensgefahr gebracht. An dem Tag, als Karin von Theo erfuhr, dass ich sein Adjutant werden würde, hat sie die Organisation gebeten, ihr die Leitung der Asienabteilung zu übertragen.

Theo hatte es darauf geschoben, dass sie beleidigt wäre, weil er nicht sie, sondern mich zu seinem engsten Vertrauten gemacht hatte. Ich solle mir nichts daraus machen, sie sei eben so, sagte er. Die Konsequenz im Handeln habe sie von ihrer verstorbenen Mutter Luise und so weiter und so weiter ... Alles Bockmist. Karin wollte einfach nicht zusehen, wie ich in den Sumpf gerate, aus dem sie sich gerade mühsam zu befreien versuchte.

Sie hatte damals unserem Nachrichtendienst wohl schon zu viel über die Organisation verraten und sich dafür entschieden, uns zu verlassen. Vielleicht auch zu unserem Schutz. Wäre sie als Spitzel aufgeflogen, hätte das nach dem Ehrenkodex der ODESSA die ganze Familie getroffen."

„Und Mama, was wusste sie von dir?"

„Sie wusste nichts von meiner Doppelagentenschaft, obwohl sie seit Jahren für uns, also den BND, arbeitete."

„So ein Irrsinn! Ihr habt doch alle einen an der Waffel! Ihr lebt täglich in Lebensgefahr, macht kriminelle Geschäfte, bildet euer Kind paramilitärisch aus in der Hoffnung, dass die Kleine zu blöd ist, das zu checken, und versaut damit euch und mir das ganze Leben!" Tränen liefen über Paulines Gesicht. „Und was ist mit Opa? Warum musste er sterben?" Sie schluchzte auf.

„Ich fürchte, sie sind darauf gekommen, dass ich ihn überzeugt hatte. Auch er wollte raus aus dem ganzen Mist. Das war sein Todesurteil."

„Und unseres. Aber wir hatten Glück – zumindest bisher", ergänzte Pauline. „Mann, Papa, ich hab Angst. Denkst du, wir kommen lebend aus dieser Scheiße raus? Du holst uns doch da raus, oder …?"

„Ich versuch es, Liebes. Ich tu mein Bestes." Er langte zu ihr hinüber und drückte fest ihre eiskalte Hand.

Pauline atmete zitternd ein. „Wo fahren wir eigentlich hin?"

„Nach Italien, Schatz, erstmal nach Limone."

AUF NACH ITALIEN

Sie waren kurz vor Weyarn, als ihm die schwarze Buell auffiel. Mehrfach verlangsamte und beschleunigte Kramer, wechselte die Spur, doch es half nichts: Die schwere Maschine hing wie eine Klette an ihnen. War das der zweite Mann, der ihnen da folgte? Derjenige, der Hals über Kopf aus dem Haus geflohen war? Oder – was sie in weitaus größere Gefahr bringen würde – war er tatsächlich aufgeflogen?

Er hatte immer noch keine Erklärung für den Überfall. Niemand in der Organisation konnte wissen, dass er …

Kramer griff zu dem Prepaid-Handy, das in seiner Jackentasche steckte, und wählte die eingespeicherte Nummer.

„Diese scheiß Telefoniererei kostet dich hundert Kröten und einen Punkt, Herr Major MAD", ätzte Pauline.

„Oberst, meine Liebe. Ich bin befördert worden."

„Verzeihung, Herr Oberst. Na, dann reihst du dich ja prima in die eingeheiratete Ahnengalerie hochrangiger Militärfuzzis ein. Wen rufst du eigentlich an?"

„Ich muss rausfinden, was es mit diesem Überfall auf sich hat." Kramer räusperte sich. Am anderen Ende wurde abgehoben.

„Hans, ich bin's. Was ist da los, verdammt?! Theo ist tot und wir wurden von zwei Schlägern überfallen! Einer ging stiften und verfolgt uns jetzt, den anderen musste ich der Polizei übergeben. Waren das unsere Männer und wenn ja, warum sind sie hinter uns her?" Gespannte Stille trat ein, während Peter Kramer angestrengt lauschte.

„Das heißt ... Sie wissen es auch nicht? Mein Gott!" Er schloss kurz die Augen, riss sich dann zusammen und sprach weiter. „Gut. Wir treffen uns morgen um zehn, wo die Zitronen blühen." Damit legte er auf.

„War das Reichmann?", fragte Pauline.

Kramer nickte. „Er ist ein fanatischer Nazi alter Schule. Er scheint nichts zu wissen, aber ich trau ihm nicht."

Ein Blick in den Rückspiegel zeigte Peter, dass ihnen die Maschine nach wie vor folgte. Er setzte den Blinker und fuhr an der Raststätte Irschenberg ab. Gleichzeitig wählte er einen SMS-Code und sandte die vorbereitete Nachricht. Pauline sah ihren Vater fragend an.

„Wir müssen eine Wanze loswerden, Paulchen."

„Wie Wanze? Werden wir abgehört?"

Kramer schüttelte den Kopf und bog auf die Landstraße Richtung Oberaudorf ab. Inzwischen war es dunkel geworden, leichter Regen hatte eingesetzt. Der schwarze Asphalt schluckte das Licht der Scheinwerfer.

Trotz des Adrenalins in seinem Körper war es bei diesen Verhältnissen anstrengend für ihn, den Wagen bei hohem Tempo durch den kurvigen Waldabschnitt zu steuern. Kramer hielt die Geschwindigkeit bewusst hoch.

„Leg die Hosenträger an und zieh sie fest", wies er Pauline an. Widerspruchslos schlüpfte seine Tochter in die Sportsicherheitsgurte, die zusätzlich an den Carbonsitzen befestigt waren, und arretierte die Halterung. Dann half sie wortlos ihrem Vater, dasselbe zu tun.

„Wir werden verfolgt", sagte der knapp.

Pauline drehte sich hastig um. Tatsächlich: Der Lichtkegel des Motorrades, das ihnen in kurzem Abstand folgte, war deutlich zu sehen. Kramer steuerte den Sportwagen durch die nächste Kurve und ging dann vom Gas. Wie vermutet nutzte der Motorradfahrer die Situation und setzte an, sie zu überholen. Lässig hatte er nur die rechte Hand am Gashahn und schloss ganz nah auf, um die schwarze Maschine im nächsten Augenblick mit einer fließenden Bewegung neben den Wagen zu setzen.

Kramer nahm aus den Augenwinkeln wahr, wie der Mann zu ihnen ins Auto blickte; sein Gesicht blieb wegen des dunklen Visiers unkenntlich.

Kramer griff das Lenkrad fester, um für das Überholmanöver gewappnet zu sein – aber der Motorradfahrer passierte sie nicht. Stattdessen hob er unvermittelt seinen linken Arm. Pauline schrie entsetzt auf, während ihr Vater das Lenkrad abrupt nach links riss, die Handbremse zog und das Gaspedal durchdrückte.

Der Wagen brach wie geplant aus, schleuderte um die eigene Achse und traf den Motorradfahrer mit voller Wucht. Der schwere Schlag katapultierte den Mann in hohem Bogen aus dem Sattel. Er flog durch die Luft und landete mit verdrehten Gliedmaßen hart auf dem nassen Asphalt, während die schwere Maschine funkenstäubend in den Straßengraben schlitterte.

Kramer brachte den Wagen nach dem kontrollierten Ausbruch zum Stehen. Er und Pauline sprangen instinktiv aus dem Wagen. Wenige Meter vor ihnen lag die lederbekleidete Gestalt auf der nassen Fahrbahn. Die Glock im Anschlag, näherte sich Kramer langsam dem zur Strecke gebrachten Verfolger und blieb schließlich vor ihm stehen. Die verkrampfte linke Hand des Mannes hielt eine israelische Maschinenpistole umklammert. Kramer trat die Waffe mit einem harten Tritt zur Seite. Der Mann stöhnte auf. Er war sichtlich schwer verletzt. Pauline stand, unsicher, ob sie ihrem Vater helfen oder in sicherem Abstand bleiben sollte, wenige Meter entfernt und beobachtete, wie er sich herabbeugte und den Kinnriemen des Helms löste, um ihn dann unsanft vom vierschrötigen Schädel des gestürzten Verfolgers zu ziehen.

Kein Zweifel – das war der zweite Besucher! Die auffällige Tätowierung am Hals, die ein EK I zeigte, war Peter wenige Stunden zuvor sofort aufgefallen. Der Typ, den sie im Haus verschnürt zurückgelassen hatten, trug exakt die gleiche. Blut quoll aus dem Mund des am Boden Liegenden. Kramer drückte Pauline die Pistole in die Hand. „Erschieß ihn, falls er sich rührt", befahl er ihr kalt.

Wie in Trance entsicherte Pauline die Waffe und wartete, bis ihr Vater den Kofferraum des Wagens geöffnet hatte und wieder zu ihr zurückgekehrt war. Dann sah sie zu, wie er den mindestens einen Zentner schweren Mann nahezu mühelos aufhob und ihn kurzerhand im Kofferraum des M3 ablegte.

Der Mann gab keinen Laut von sich – auch dann nicht, als ihn Kramer trotz seiner Verletzungen mit den dazu hervorragend geeigneten Kabelbindern fesselte. Zuvor hatte er ihm ein Messer und eine Pistole aus der Lederkluft gezogen.

„Wer hat dich geschickt?", fuhr Kramer den Rocker an.

Der Schwerverletzte grinste mühsam. „Fahr zur Hölle! Du wirst Genesis nicht stoppen. Niemand wird …" Er brach ab, verdrehte die Augen – und kollabierte. Peter Kramer warf den Kofferraumdeckel zu und wandte sich mit verbissenem Gesichtsausdruck ab. Also doch die Organisation. Möglicherweise waren die Einbrecher sogar Theos Mörder … Klar war jedenfalls, dass sie etwas gesucht, aber wohl nicht gefunden hatten.

„Ist er … ist er tot?", fragte Pauline mit schreckensgeweiteten Augen.

„Dieser Abschaum ist zäh, er wird's überleben. Steig ein, wir müssen weiter."

Der Wagen war nur leicht lädiert. In halsbrecherischem Tempo fuhr Kramer Richtung Raststätte Kiefersfelden. Pauline starrte aus dem Fenster. Wirre, ungeordnete Bilder aus der Vergangenheit rasten an ihr vorüber.

Ihre Mutter hatte sie verlassen. Opa war tot. Der Drill, der ihr seit frühester Kindheit abverlangt wurde. Die erschöpfenden Selbstverteidigungskurse. Das Schießtraining. Die strikt eingeplanten Radtouren und Halbmarathons. Die Einbrecher. Der am Boden liegende Motorradfahrer …

Sie hatte all diese Situationen ertragen. Selbst der Verlust ihrer Ma und ihres Opas hatten keine hysterischen Attacken ausgelöst. Sie hatte funktioniert. Funktioniert, wie man es ihr beigebracht hatte. Offenkundig für den Fall der Fälle – der jetzt eingetreten war.

Nur weiter.

Als sie um 22.15 Uhr den Parkplatz bei Kiefersfelden erreichten, steuerte Kramer den Wagen in den wenig frequentierten Ostteil des Rastplatzes, der überwiegend von LKW genutzt wurde. Hinter einem riesigen MAN-Sattelzug stand ein weißer Alpha mit Innsbrucker Kennzeichen, dessen Scheinwerfer kurz aufblinkten, als der M3 heranrollte. Kramer brachte sein Fahrzeug neben dem Österreicher zum Stehen.

Die weiße Tür öffnete sich und Brenner stieg aus. Er beugte sich hinunter zu Kramers geöffnetem Fenster und blickte zuerst hinüber zu Pauline.

„Schön, Sie wiederzusehen, Fräulein Pauline. Ich hoffe, es geht Ihnen …", er unterbrach sich abrupt, wohl wissend, wie unpassend seine Bemerkung war. „Verzeihen Sie Pauline, es tut mir leid! – Peter." Er nickte ihrem Vater knapp zu, der ausstieg und Pauline bedeutete, im Wagen zu warten. Die beiden Männer gingen ein paar Meter abseits und unterhielten sich kurz. Dann kehrte Kramer mit schnellen Schritten zurück.

„Pauline, pack unsere Sachen bitte in den Alpha", wies Peter Kramer seine Tochter an. Sie gehorchte wortlos.

Brenner hob zum Abschied die Hand. Sein Gesicht war besorgt, als er sich ans Steuer des M3 setzte.

„Vergiss nicht, dein stinkendes Paket abzuladen", rief Kramer ihm zu, bedeutete Pauline mit einer Kopfbewegung, sich in den weißen Wagen zu setzen, und warf ihr den Schlüssel zu. „Du fährst, ich muss ein wenig abschalten. Ziel ist Nago. Du kennst doch das Hotel mit der Aussichtsplattform? Und halt dich an die Geschwindigkeitsbegrenzungen! Wir können jetzt keine Polizeikontrolle gebrauchen."

Pauline nickte. Obwohl sie es immer liebte, am Steuer zu sitzen, konnte sie der bevorstehenden Fahrt nichts Angenehmes abgewinnen.

Auch im Alpha erwachte ein mehrere hundert PS starker Motor mit einem röhrenden Grummeln, als Pauline den Startknopf drückte.

„Und jetzt ..."

„Und jetzt was?"

„Und jetzt bin ich sehr gespannt, wie deine Story weitergeht, Herr Kramer."

„Kammerer Hans und Tochter Susi, Luisenweg 3, Innsbruck, mein Schatz." Ihr Vater nahm die Pässe und die Tüte aus der schwarzen Tasche, die Oberleutnant Brenner ihnen auf den Rücksitz gelegt hatte.

„Fahr bitte erst mal zur Toilettenanlage der Raststätte. Dort sind auch Duschen und Waschräume für die Fernfahrer. Wir müssen uns umziehen und – nun ja, etwas verändern. Orientier dich bitte an dem Bild im Pass." Kramer reichte ihr das österreichische Dokument.

Eine halbe Stunde später fuhren ein kahlgeschorener Hans Kammerer mit seiner brünetten, doppelt bezopften Tochter Susi in Richtung Brenner.

„Alles völlig irre", bemerkte Pauline mit einem prüfenden Blick in den Make-up Spiegel der Sonnenblende, der eine grell geschminkte junge Frau zeigte.

„Das soll ich sein? Igitt!" Sie schüttelte sich.

„Konzentriere dich bitte auf die Straße! Ich finde, du schaust echt gut aus für eine Susi." Kramer schmunzelte vorsichtig.

„Und du wie ein oller Hans."

„Egal, Hauptsache, man erkennt uns nicht sofort. Ich muss rauskriegen, was da vor sich geht", fügte Kramer leise hinzu.

„Du hast Brenner angerufen?", fragte Pauline. „Wann?"

„Ich habe eine SMS gesendet, und sie haben Brenner geschickt. Den Standort des Handys konnten sie feststellen, und der Parkplatz war der nächstgelegene. Alles keine Hexerei."

„Das heißt ja, Brenner ist auch bei der Truppe?"

„Paulchen. Uns ist doch beiden klar, dass ich dir nicht alles erzählen kann, oder?"

„So viel zum Thema Vertrauen", bockte Pauline.

„So viel zum Thema Sorge um deine Sicherheit, Paulchen."

Nach einer langen Pause fuhr Kramer zögernd fort.

„Jakob ist seit acht Jahren an Bord. Ich habe ihn bei einem Einsatz in Afghanistan kennengelernt. Er war dabei, als wir in einen Hinterhalt gerieten. Er hat tapfer gekämpft. Wer weiß, wie die Sache ohne ihn ausgegangen wäre." Kramer schwieg einige Momente lang, in Erinnerungen versunken.

„Das Kommando damals hat vier Kameraden das Leben gekostet. Wir waren drei Tage unter

Dauerbeschuss, ehe uns eine Einheit der französischen Legion zur Hilfe kam. Hier in Deutschland wusste niemand, wie brutal dieser Krieg im Nahen Osten wirklich war. Und wir, die wir vor Ort unseren Dienst versahen, ahnten damals nicht annähernd, welche Rolle die Organisation bei diesen gewalttätigen Konflikten spielte. Die ODESSA verdient an Waffen, Söldnern, Verpflegung, Ausbildung, organisiert Aufstände und Kampfhandlungen.

Erst nach meiner Rückkehr gewährte mir, dem damaligen Major der Reserve Peter Kramer, der MAD einen oberflächlichen Einblick in die Strukturen der ODESSA. Mir wurde schlagartig bewusst, dass Vorderasien und Afrika der Organisation als Reagenzglas und Versuchsfeld für weit größere strategische Ziele dienten." Er schüttelte den Kopf, noch immer fassungslos.

„Problembehaftet und besorgniserregend zugleich waren drei Erkenntnisse, die wir im Laufe unserer späteren Ermittlungen gewannen." Er holte tief Luft und fuhr dann fort.

„Erstens verselbstständigen sich die von der Organisation vorbereiteten und angezettelten Auseinandersetzungen. Örtliche Warlords nutzen die eigentlich politisch in größeren Dimensionen geplanten Gefechte und Destabilisierungsattacken, sobald irgend möglich, für eigene Territorialinteressen.

Zweitens: der Organisation ist es bislang – mit Ausnahme der Ukrainekrise – nicht gelungen, einen nachhaltigen und breiten Keil in die ohnehin fragile internationale Gemeinschaft der UN zu treiben. Dazu sind offensichtlich die politischen Netzwerke nicht mächtig genug – noch nicht. Eine breit angelegte internationale Destabilisierung der bestehenden Strukturen und Machtgefüge war und ist Teil der Strategie, die die innere ODESSA verfolgt.

Und drittens: Die Analysten sind sich nicht einig, ob es der Organisation tatsächlich immer noch um das geheime Projekt Genesis geht, oder ob sich die jungen Befehlshaber der neuen Generation nicht anderen Zielen verpflichtet fühlen."

Peter Kramer schwieg wieder. Sein Gesichtsausdruck war hochkonzentriert, und er schien für einen Moment vergessen zu haben, zu wem er sprach.

„Es gibt die unbewiesene, aber greifbare Vermutung, dass Teile der Organisation nahezu alle terroristischen Gruppierungen wahllos mit Waffen, Ausbildern und Informationen versorgen. Hauptsache, sie bezahlen gut.

Ich bin überzeugt davon, dass das auch der eigentliche Grund dafür war, dass Theo sich von diesem Syndikat lossagen wollte. Ihm war die Gier der Jüngeren nach Geld zuwider. Für deinen Opa waren die Nassforschen allesamt Verräter ihrer Sache. Verräter an Deutschland, Verräter ihres Auftrages, dem Projekt Genesis zu dienen."

Pauline hatte hochkonzentriert zugehört. „Was genau ist eigentlich dieses Genesis?"

Kramer erklärte bereitwillig: „Als sich Ende 1943, Anfang 44 für den deutschen Generalstab abzeichnete, dass das Dritte Reich untergehen würde, schmiedeten einige einen Plan. Er sollte sicherstellen, dass das Deutsche Reich nicht nur fortbestehen, sondern in späteren Jahren als Führungsmacht des Westens unangefochten sein würde.

Diejenigen, die diese Strategie entwickelten, hatten eine für die damalige Zeit durchaus übliche ausgeprägt nationalkonservative Gesinnung, waren aber keine Nazis im eigentlichen Sinn. Ihrer militärisch-aristokratischen Sozialisierung entsprechend teilten sie leider manche Ideen der NSDAP und hatten wohl geglaubt, die Bewegung für ihre eigenen Pläne nutzen zu können. Dem Hitlerregime standen diese Leute mehr als kritisch gegenüber. Sie hatten sich zunächst dieser neuen Partei bedienen wollen, um das Land mit Hilfe des Rückhaltes, den die Bewegung in der Bevölkerung besaß, zu festigen. An genau diesem Rückhalt waren sie aber letztlich gescheitert, denn die neue Stabilität personalisierte und konzentrierte sich bei der Mehrheit der Deutschen dank der ausgeklügelten Strategie des Propagandaministers Josef Göbbels auf die Person des Führers Adolf Hitler." Peter Kramer holte tief Luft.

„Dessen Entmachtung durch Verhaftung und Aburteilung war lange erwogen, aber letztlich genau wegen dieser personifizierten Fanatisierung verworfen worden. Die meisten Dissidenten sahen daher in der ‚Beseitigung' Hitlers die einzige Möglichkeit, der Katastrophe, auf die das Reich – ihre Heimat – zusteuerte, zu entkommen.

Das galt auch für einen geheimen Zirkel innerhalb der SS, den internen Polizeiapparat der NSDAP. Die Schutzstaffel war nicht erst seit Gründung der Waffen-SS und der Totenkopfeinheiten der verlängerte Arm der NSDAP und damit der Nationalkonservativen in die kämpfende Truppe.

Die NSDAP war genauso wenig wie heutige Parteien eine ideologisch homogene Bewegung. Auch wenn durch die despotisch-monistischen

Strukturen das oligarchische System nach außen als geschlossene, einer unanfechtbaren Ideologie unterworfene Einheit wirkte, gab es hinter den Kulissen massive Widerstände und durchaus essentiell unterschiedliche Auffassungen, was das Wesen und die Struktur – und damit auch, was der programmatische Inhalt – einer nationalen und sozialen Bewegung in Deutschland sein sollte."

Peter Kramer schwieg eine Weile, bevor er fortfuhr.

„Nationaltümelei und Obrigkeitsdenken waren in den damaligen Gesellschaften der Welt massiv verbreitet. Das scheint auch heute in zunehmendem Maße wieder gesellschaftsfähig zu werden, selbst wenn es nur ungern eingeräumt wird. Der Brexit, die Alleingänge Ungarns, die nationalkonservative Ausrichtung Polens oder der Türkei, das Säbelgerassel Koreas und vieles mehr sind allzu deutliche Beispiele. Manche vermuten sogar, dass die ODESSA bei diesen Entwicklungen ihre Finger im Spiel hat."

„Wow", Pauline war platt. „Sind die wirklich so mächtig?"

„Ich fürchte ja, Kleines. Opa hat mir – auch um unserer Sicherheit Willen – nicht alles anvertraut. Tatsache ist, dass die ODESSA inzwischen kein exklusiver Club ewig gestriger SS-Angehöriger mehr ist, sondern ein internationales, politisch einflussreiches Syndikat. Viele Regimes versuchen mittlerweile, die zweifellos belastbaren Netzwerke dieser Organisation in den Dienst der eigenen politischen Sache zu stellen.

Für mich steht aber auch fest, dass die ODESSA zwischenzeitlich von Menschen unterwandert worden ist, denen die ‚alten Genesis-Anhänger' lästig, allenfalls Mittel zum Zweck sind. Dem Zweck, sich gnadenlos zu bereichern."

Er schüttelte den Kopf. Seine Stimme wurde leiser, eindringlicher.

„Das ist die Ironie der Geschichte, Pauline. So, wie die Väter des Genesis-Projekts die Strukturen der „alten Macht" nutzten, werden jetzt die Netzwerke der Organisation für Interessen missbraucht, die nicht mehr das Geringste mit dem zu tun haben, was ursprünglich gewollt war. Drehen kannst du es wie du willst. Egal ob Viertes Reich oder Waffenschieberei ... Was der gesamten Organisation eigen ist, ist ein kranker und skrupelloser Nationalismus, der auch vor Verbrechen nicht zurückschreckt.

Die in die Jahre gekommene Gründergeneration glaubt dabei immer noch fanatisch an eine Renaissance ihrer Idee. An ein nationalkonservatives

Deutschland mit einer Führungsrolle in der Welt. Sie halten es für legitim, ihre Ziele mit Mitteln zu erreichen, die außerhalb der Rechtsordnung stehen.

Die aktuellen Fluchtbewegungen unserer Zeit, die in ihren Ausmaßen einer Völkerwanderung gleichen, und die damit verbundenen gesellschaftlichen Auswirkungen kommen beiden Lagern der Organisation, freilich aus unterschiedlichen Gründen, gerade recht. Was beiden fehlt, sind charismatische Führungsfiguren. Noch gibt es die einfach nicht."

Beide schwiegen, in Gedanken versunken. In Paulines Kopf arbeitete es fieberhaft. „Du meinst, da haben sich 1944 mitten im Krieg ein paar Fanatiker aufgemacht, das Überleben eines deutschnationalen Führungsanspruchs für künftige Generationen sicherzustellen? Und zwar bewusst ohne Hitler und seine menschenverachtenden Schergen? Mal völlig unabhängig davon, dass das nach damaligen Begriffen Hochverrat war ... fest steht doch auch, dass dieses Projekt Genesis nie zu einer Demokratie westlicher Prägung geführt hätte. Eher zu ..." Sie brach ab.

„Jawohl, Pauline. Eher zu einer Militärdiktatur oder zu einer militärisch geprägten Monarchie", ergänzte Kramer, dem der Scharfsinn seiner Tochter imponierte. „Du erstaunst mich wirklich."

„Unter einer solchen Annahme könnten Ereignisse wie der Heß-Flug nach England oder das Stauffenberg-Attentat ja völlig anders interpretiert werden", folgerte Pauline mit gerunzelter Stirn. „Daraus könnte man auch schließen, dass die obersten Führungskreise der Wehrmacht, des SD und auch der SS von dem geplanten Attentat wussten und nichts dagegen unternahmen."

„Da hast du Recht, Pauline. Damals, gegen Ende des Krieges, wollten viele an die Macht – mit höchst unterschiedlichen Interessen. Die Historiker künftiger Generationen werden da noch vieles aufzuarbeiten haben, sobald die amerikanischen, russischen und englischen Geheimdienste ihre Akten aus der damaligen Zeit vollständig öffnen. Dazu würde ich mir heute schon ein WikiLeaks wünschen.

Was unsere Analysten des MAD beschäftigt ist, dass die Organisation wohl auch mit dem zu tun hat, was aktuell abgeht. Zum Beispiel dem Erstarken der nationalistischen Bewegungen in England, Holland, Belgien, Frankreich, Italien, Ungarn, Tschechien, Polen. Nicht zu vergessen die jüngsten Entwicklungen in der Türkei", sagte Kramer nachdenklich. „Überall wird der Ruf nach starken Führern laut, auch wenn es zu Lasten demokratischer Errungenschaften wie Meinungs- und Pressefreiheit geht."

„Meinst du wirklich, die Organisation steckt dahinter?"

Kramer zuckte die Achseln. „Vielleicht", bemerkte er, „ist Theo das erste Opfer einer internen Auseinandersetzung um die Führung und künftige Ausrichtung der Organisation. Das ist zumindest Brenners feste Überzeugung. Deshalb hat er Theo und auch uns seit Wochen nicht mehr aus den Augen gelassen. Ich war selbst verblüfft, als er am Chiemsee plötzlich in der Uniform der bayerischen Schifffahrtsgesellschaft an der Pier stand. Er hat seit jeher ein Faible für Überraschungen und Uniformen. Aber er ist zuverlässig und ..."

„Und?", fragte Pauline neugierig.

„Und tödlich", ergänzte Kramer ernst.

Paulines Kopf flog herum. „Wie meinst du das?"

„Naja, er ist für Extremsituationen ausgebildet." Kramer stockte und fuhr dann beruhigend fort: „Jedenfalls könnten wir uns keinen Besseren auf unserer Seite wünschen."

Sie waren an die österreichische Mautstelle bei Innsbruck gekommen. Pauline zahlte die acht Euro Straßenbenutzungsgebühr und grüßte den verschlafenen Kassier knapp. Als sie den Brennerpass erreichten, war ihr Vater bereits eingeschlafen.

Es tut mir leid, dass ich dich da mit reingezogen habe, Schatz, aber jetzt gibt es kein Zurück mehr. Wenn Brenner Recht hat, sind auch wir in Gefahr, dachte er, bevor er in einen unruhigen Schlaf hinüberglitt, in dem trotz seiner Erschöpfung alle Sinne wachsam geschärft blieben.

Pauline verließ eine halbe Stunde später die Autobahn und fuhr einen Rastplatz an. Sie musste zur Toilette. Behutsam öffnete sie die Tür und verschloss sie ebenso leise, um ihren Vater nicht zu wecken. Kramer hatte den Stopp im Halbschlaf wahrgenommen, kam zu sich und stieg aus. Den Wagen stets im Blick, kaufte er im Tank-Shop einige Prepaid-Karten verschiedener Netzbetreiber. Eine davon schob er in das kleine Handy und zerstörte dann die alte SIM, deren Schnipsel er auf dem Rückweg zum Wagen verstreute. Am Auto angelangt, wählte er eine Nummer. Sofort wurde abgehoben. Niemand meldete sich.

„Ich bin´s. Theo ist tot. Tut mir leid. Sei vorsichtig." Ohne eine Reaktion abzuwarten, beendete er das Gespräch. Er wechselte die SIM-Karte erneut, zerbrach die gerade benutzte und steckte die Teile in einen Mülleimer am Parkplatzrand.

„Na, Schlafmütze, aufgewacht?" Pauline kam zurück und setzte sich ans Steuer. Peter Kramer ließ sich neben sie und legte müde den Kopf zurück, das Handy fest in der Hand.

Zwei scharfe Augen hatten Kramers Tun durch das hochauflösende Nachtsichtgerät von Zeiss, das bereits die deutsche Wehrmacht in Gebrauch gehabt hatte, verfolgt. *Noch heute gibt es nichts Besseres*, dachte der Beobachter grimmig, setzte sich in den schwarzen Mercedes und folgte dem Alpha, der seine Fahrt fortsetzte.

Palermo, 1969

Theo war froh, nach den Tagen auf See wieder festen Boden unter den Füßen zu haben. Paolo di Gesa begrüßte sie herzlich und half Luise galant auf den Steg des Anlegers. „Willkommen in Sicilia, ragazze. Es ist uns wirklich eine große Ehre, Sie hierzuhaben, Signore. Kommen Sie, der Wagen wartet. Das Gepäck wird gebracht. Ich bringe Sie zu Ihrem neuen Heim."

Theo nahm die Hand seiner Frau und half ihr in die bereitstehende Limousine. Luise und er hatten kurz vor ihrer Abfahrt in Argentinien geheiratet und den

Aufenthalt an Bord als Flitterwochen genutzt. Sie legte ihren Kopf kurz auf seine Schulter und blickte verliebt zu ihm auf. Mit Theo an ihrer Seite würde sie jede Herausforderung, die das Leben für sie barg, meistern, dessen war sie vollkommen sicher.
Der Wagen brachte sie über rumpelige Straßen in einen ruhigen, eleganten Vorort. Inmitten eines Olivenhains erreichten sie eine Villa in römischem Stil. Prächtige Oleander, Palmen, Olivenbäume und üppige Blumenrabatten umsäumten den Bau.
Di Gesa vollführte eine einladende Geste. „Allora Signori: Das ist Ihr neues Zuhause. Betrachten Sie es als, come si dice ... un regalo ... ein Präsent als Zeichen unseres Wohlwollens und Vertrauens. Auch wenn ein Teil meiner Nation sich in der jüngsten Geschichte nicht besonders anständig gegenüber Ihrem Volk verhalten hat, seien Sie sicher: Es gibt auch andere. Aufrichtige Bewunderer, die Ihre Sache mit Stolz unterstützen. Ich selbst war von 1948 bis 1954 in Argentinien und durfte Ihre Gastfreundschaft genießen. Jetzt haben ich und meine Freunde Gelegenheit, uns zu revanchieren." Er drehte sich um, als hinter ihnen Schritte zu hören waren. „Signor Reichmann kennen Sie ja."
Hans Reichmann hatte die Veranda betreten. Er trug ein Tablett, auf dem drei Gläser Sekt standen. Luise

senkte errötend den Kopf; mit seiner Anwesenheit hatte sie nicht gerechnet. Reichmann bot ihnen die Gläser an.
„Auf euer Wohl", prostete Paolo ihnen zu.
„Komm, Hans, trink ein Glas mit uns", forderte Theo ihn auf.
„Vielen Dank, aber ich habe noch eine Menge zu tun. Wenn ihr mich braucht, bin ich in der Nähe."
Mit einem knappen Kopfnicken drehte sich Reichmann um und verschwand im Haus.
„Eigenartiger Kerl, ich werde aus ihm nicht schlau." Paolo schüttelte den Kopf. „Kennen Sie ihn länger?"
„Länger, als mir lieb ist", murmelte Theo.
„Nun, ich muss nicht alles wissen, non è vero? Ich lasse Sie allein. Wir treffen uns dann morgen Mittag in meinem Haus zur Besprechung, mein Fahrer wird Sie abholen. Also nochmal willkommen – und auf eine erfolgreiche Zusammenarbeit, Herr Mattisek." Paolo hob abermals das Glas, stellte es dann auf einem der kleinen Terrassentische ab und verschwand.
Die Villa war herrlich, ihre Einrichtung spätviktorianisch. Die rundliche, herzensgute Sina, eine wahre Perle, stand Luise in der Küche und im Haushalt zur Seite. Hans hatte Enrique Mazolo als Hauslehrer engagiert, damit Theo und Luise ihr rudimentäres Italienisch zügig verbessern würden können. Es war

entscheidend, die Sprache nicht nur zu verstehen, sondern wirklich zu beherrschen.
Das geschäftliche Treffen am nächsten Tag fand ohne Luise statt. Eine dunkelgraue Limousine brachte Theo zu einem beeindruckenden Anwesen. Bewaffnete Männer patrouillierten vor dem großen schmiedeeisernen Tor, dem einzigen Zugang zum Park, der das beeindruckende Herrenhaus umgab. Das gesamte Areal war durch eine hohe Mauer aus eisenbewehrten Stäben geschützt. Theo bemerkte die Kameras, die in regelmäßigen Abständen auf den Stützpfeilern thronten, und die mit Schnellfeuerpistolen bewaffneten Hundeführer, die den Park durchstreiften. Kein Zweifel: das hier war mehr Festung als Herrensitz.
Man war hier der Zeit offensichtlich weit voraus.
„Un cordiale benvenuto, Signor Mattisek." Mit zwei Wangenküssen begrüßte Paolo seinen Gast. „Bitte kommen Sie mit, ich gehe voraus."
Im Inneren der Villa war es angenehm kühl. Sie war uralt, wohl aus dem fünfzehnten Jahrhundert. Die Konstrukteure von damals hatten ihr Handwerk offenkundig verstanden. Ein leichter Luftzug sorgte für ein besonderes Raumklima und dafür, dass die Räume auch bei den heißen Temperaturen, die hier im Sommer herrschten, nicht überhitzten.

Teure Teppiche und kostbare Gemälde hingen an den Wänden. Das Mobiliar war erlesen, wie Theo mit wenigen Blicken feststellte. Seine Liebe hatte schon immer kostbaren Möbeln und hochwertigen Inneneinrichtungen gehört. Zu Hause hatte er nahezu das gesamte Interieur des elterlichen Wohnsitzes entworfen und gebaut –
ein Hobby, das ihn erfüllte.
„Sie haben wirklich ein schönes Heim, Signor Paolo, complimenti."
Sein Gastgeber lächelte: „Molto gentile, Theo, grazie."
Di Geza öffnete die hohe, doppelseitige Flügeltür und bat seinen Gast einzutreten. Vor ihm erschloss sich ein großzügiges Kaminzimmer. In der Mitte stand ein ovaler Tisch. Darum gruppierten sich fünf lederne Clubsessel, die bis auf zwei besetzt waren.
„Café?", fragte Paolo.
„Volentieri, grazie."
„Darf ich Sie bekanntmachen? Das ist Signor Salvatore Gorgenese". Di Gesa deutete auf einen großgewachsenen, muskulösen Mann von etwa Mitte zwanzig, der ihm freundlich zunickte.
„Signor Giuseppe Brentana."
„Piacere", entgegnete der hagere Mittdreißiger rechts des Hünen.

„E finalmente – Signor Matteo Cazzano. Nostro capo grande."

Matteo, etwa dreißig, eine elegante Erscheinung, musterte Theo interessiert. „Ich habe viel von Ihnen gehört, Signor Mattisek." Cazzano bedeutete Theo Platz zu nehmen. Es war deutlich spürbar, dass er hier unbestritten das Sagen hatte.

Ein Bediensteter stellte eine Espressotasse an Theos Platz. Die Beretta im Schulterholster des Mannes entging Theo nicht, als dieser sich über den Tisch beugte. Er wandte den Blick ab, holte tief Luft und ergriff das Wort: „Lassen Sie uns zur Sache kommen, meine Herren." Theos Stimme war fest und ohne jede Unsicherheit; sein Vater Victor hatte ihn auf dieses Gespräch gut vorbereitet.

Matteo lächelte amüsiert. Es war ihm schon zu Ohren gekommen, dass Theo von zupackender Art war. Der Bursche gefiel ihm.

„Die Organisation, die ich vertrete, hat großes Interesse, mit Ihnen zu kooperieren", begann Theo. „Und wir wollen im Dienst der gemeinsamen Sache gern versuchen, unsere Kräfte zu bündeln. Sie bilden unsere, nennen wir sie … Mitarbeiter, in Ihren Camps in Argentinien aus. Außerdem besorgen Sie uns Waffen." Cazzano lehnte sich zurück und fixierte Theo. „Und wir? Wir bezahlen Sie hervorra-

gend dafür – und liefern Ihnen obendrein exzellente Kontakte in die europäische Politik. Und wir stehen bereit."
"Bereit für die Operation Genesis?"
"Si, assolutamente."
"Gut." Theo lehnte sich vor und blickte jedem einzelnen der Männer scharf in die Augen. „Ich kann mich hundertprozentig auf Verschwiegenheit und Treue verlassen, meine Herren?"
"Certamente!"
„Ich habe hier die Vertragsdokumente." Theo zog einen verschlossenen Umschlag aus der Innentasche seines Sakkos und reichte ihn Matteo.
„Ihr Deutschen!" Cazzano grinste. „Bei uns gilt ein Wort – aber bitte. Segretario, per favore."
Salvatore Gorgenese nahm den Umschlag an sich. „Domani. Morgen erhalten Sie das Schriftstück zurück. Wir richten Ihnen im Hafen ein Büro ein. Passende Mitarbeiter sind bereits rekrutiert. Sie sprechen Ihre und unsere Sprache fließend. Ihre Firma ist bereits bei den Behörden gemeldet.
Wegen der Steuerangelegenheiten wenden Sie sich an Giuseppe, bitte. Er ist unsere Guardia di finanza und sehr gewissenhaft." Matteo grinste breit.
Auf eine Geste hin händigte ihm Paolo ein Päckchen Visitenkarten aus. Theo Mattisek, Generalbe-

vollmächtigter Argimax, SLR, Via Castianello 1, Palermo.

"Was im- und exportieren wir?", fragte Theo interessiert.

"Offiziell: erlesenes Mobiliar und Kaffee aus Argentinien. Außerdem Öl, Wein und Kunst aus Italien. Und inoffiziell alles, was der Sache dient." Matteo zwinkerte ihm zu. "Auf gute Partnerschaft, caro Theo."

WARUM DENN NUR ZUM GARDASEE?

Ihr Vater schlief. Pauline hing ihren Gedanken nach. Sie war angespannt. Und doch – es erstaunte sie, wie ihr Verstand schon jetzt begann, die Ereignisse zu verarbeiten. Es mochte auch etwas mit dem Erwachsenwerden zu tun haben ... Inzwischen konnte sie gewisse Dinge einordnen, die ihr früher völlig unverständlich geblieben waren.

Wie alt war sie gewesen, als sie mit ihrer Mutter zum ersten Mal in den Jiu-Jitsu Club gegangen war ... fünf? Der Trainer war ein raubeiniger Asiate gewesen, der ihr trotz vieler Tränen immer wieder Disziplin und Stärke abverlangt hatte. Jetzt wusste sie, wozu der Drill gut gewesen war. Den Rocker hätte sie sonst nie überwältigen können.

Vor zwei Jahren hatte ihr Vater einen „Abenteuerurlaub" in Israel für sie gebucht. Statt Orangenernte im Kibbuz waren Fallschirmspringen, Durchschlageübung, Nahkampfausbildung und Schießen angesagt. Als sie nach drei Wochen völlig erledigt nach Hause gekommen war und ihrem Vater empört von der menschenverachtenden Schinderei berichtete, hatte der sich erstaunt gegeben. Er würde sich beim Reiseveranstalter beschweren, so etwas hätte er doch nie gebucht, hatte er ihr versichert. Zugegeben – Segelfliegen und Fallschirmspringen waren schon cool gewesen und hatten den letzten Anschein eines unbeschwerten Sporturlaubs aufrechterhalten ... aber der Rest war Teil einer geplanten paramilitärischen Ausbildung, wie ihr jetzt klar war.

Sie sah zu ihrem Vater, der entspannt zu schlafen schien. *Da hast du deine Tochter doch tatsächlich fit für deinen Krieg gemacht, was? Würde mich nicht wundern, wenn mich da der Mossad gedrillt hat. Mit Zweitklassigem gibst du dich ja nicht ab, oder, Herr Oberst?*

Und Opa ... er war schlicht ein Nazi, ein Verbrecher, ein hoffnungslos ewig Gestriger. Verstrickt in den Sumpf einer Ideologie, die die Menschheit schon einmal an den Abgrund gebracht hatte. Aber dass er, der immer Korrekte und Ehrenhafte, einem Unrechtsregime, das für die Schoa verantwortlich war, die Treue hielt, wollte sie trotzdem einfach nicht glauben.

Die Landschaft flog vorüber. Pauline verspürte keine Müdigkeit. Zu sehr hatten sie die vergangenen Ereignisse aufgeputscht.

Eine gute halbe Stunde, nachdem sie bei Rovereto die Autostrada verlassen hatten, steuerte Pauline den Alfa auf den Parkplatz des kleinen Örtchens Nago, das hoch über Torbole thront und einen wunderschönen Blick auf den Gardasee eröffnet. Es war spät in der Nacht. Morgen früh würde sich ihnen ein grandioser Blick in den Talkessel bieten, in dem der See wie ein wachsames Auge in der Morgensonne blinzelt.

Ein Anflug von Trauer bemächtigte sich Paulines Herz. Sie liebte diesen Platz. Fast jeden Sommer war sie mit ihren Eltern hierhergekommen. Sie wusste, dass auch ihr Dad sehr an dieser Gegend hing – er hatte ihr erzählt, dass er mit Karin unzählige Male am Lago gewesen war. In Malcesine, wo ihre Eltern zumeist logierten, war auch sie, Pauline, entstanden. Sie betrachtete ihren Vater zärtlich, der in dem unbequemen Sportsitz schlief.

Die Glock hatte er unter die Achsel geklemmt. Sie betete zu Gott, dass sich alles zum Guten wenden würde. Wenn nicht ... sie mochte nicht daran denken.

Pauline verriegelte den Wagen von innen, legte den Sitz nach hinten und schloss die Augen. Auch sie brauchte ein wenig Schlaf.

Peter Kramer döste nur, obwohl er wusste, dass er sich auf Pauline verlassen konnte. Sie waren angekommen. Seit er ein wenig zur Ruhe gekommen war, bemerkte er, wie sehr ihm der Tod seines Schwiegervaters zu schaffen machte.

Er mochte ein irregeführter Fanatiker gewesen sein, ja – aber kein skrupelloser Verbrecher. Peter versuchte sich das einzureden. Gleichzeitig wusste er, dass Theo Mattisek mitverantwortlich war für groß angelegte Waffenschiebereien, Rauschgiftschmuggel und -handel, die Unterstützung terroristischer Gruppierungen und indirekt auch für zahllose bewaffnete Konflikte, Morde und Gräueltaten – und das nicht als einfacher Mitläufer. Sein Schwiegervater war nicht irgendwer, sondern Organisator einer international tätigen kriminellen Organisation. Mit diesem letzten glasklaren Gedanken fiel Peter Kramer dann doch in einen unruhigen Schlaf, den Schlaf eines wachsamen Jägers, jederzeit bereit, sich und die Seinen gegen plötzliche Angriffe zu verteidigen.

„Paps, wach auf!" Sanft rüttelte Pauline an Kramers rechtem Arm, dessen Hand die Pistole noch immer fest umschlossen hielt. Kramer fuhr hoch und unterdrückte gerade noch den Impuls, die Waffe in Anschlag zu bringen.

„Schau nur", sie deutete nach draußen. „Ist das nicht schön? Ich hab das wirklich vermisst. Allerdings wäre ich lieber unter anderen Umständen hier." Es war etwa sieben Uhr morgens. Tief unter ihnen spiegelte die Wasseroberfläche des Gardasees kobaltblau in der aufgehenden Sonne.

Die hartgesottenen Surfer, Kiter und Segler nutzten die morgendliche Brise und zauberten mit ihren Sportgeräten bunte Punkte und weiße Gischtstreifen auf die makellose Oberfläche.

„Komm, wir machen uns ein wenig frisch." Kramer kletterte steif aus dem Wagen, reckte sich ausgiebig und angelte dann die graue Leinentasche vom Rücksitz. Sie waren allein auf dem Parkplatz, der unterhalb eines Restaurants lag. Dort würden sie sich kurz den Schlaf aus den Augen waschen können.

„Hier. Geladen und gesichert", er drückte seiner verdutzten Tochter die Waffe in die Hand. „Ich kann nicht immer und überall neben dir stehen. Du weißt, wie man damit umgeht. Verlass dich auf deinen Instinkt."

„Aber auf Menschen schießen ist schon was anderes als auf Klappscheiben", bemerkte Pauline verstört.

„Leider nur beim ersten Mal", antwortete Kramer.

„Und Scheiben schießen nicht zurück." Pauline drehte die Waffe unentschlossen in der Hand.

„Pauline, das hier ist leider kein Spiel mehr." Kramer strich seiner Tochter zärtlich, fast entschuldigend, über die Wange.

Pauline nickte.

Peter drückte dem Kellner einen Zwanzigeuroschein in die Hand, woraufhin der ihnen dienstbeflissen den Weg zu den Gästeduschen wies.

Eine halbe Stunde später fuhren sie mit offenen Fenstern auf den kleinen Ort Torbole zu, der in den Sechziger- und Siebzigerjahren zu einem Dorado für Surfer geworden und nun seit vielen Jahren angesagter Hotspot für die jungen Wind- und Bike-Freaks war.

„Wir haben noch Zeit. Was hältst du von Frühstück?"

„Gott sei Dank, ich dachte schon, du fragst mich gar nicht mehr! Mein Magen hängt schon auf halb acht", stöhnte Pauline.

Ihr Vater steuerte den Alfa auf den Parkplatz, der sich gegenüber des kleinen Hafens befand. Peter kannte das direkt benachbarte Café und wusste von früheren Besuchen, dass dort ein gutes kontinentales Frühstück serviert wurde.

„Pauline, sei so nett und zieh dir ein weites Shirt an." Kramer deutete auf die Pistole, die sich deutlich unter dem engen Tank Top abzeichnete, das Pauline trug. „Ich guck auch nicht."

Sie verdrehte die Augen, kramte ein schwarzes Shirt aus dem Trolley und streifte das Top ab. Kein Zweifel, seine Tochter war eine hübsche junge Frau mit wohlgeformten Rundungen. Sie trug einen schwarzen BH, der ihren straffen Busen gut in Szene setzte.

„Noch nie eine Frau gesehen oder was?", ätzte sie, als sie seinen Blick spürte.

„Gefällt mir, was ich sehe", entgegnete Kramer knapp.

„Also Papa, bitte, ich bin deine Tochter!"

„Eben! Da kann ich doch ein bisschen stolz sein, oder?"

„Mir wäre es lieber, Du würdest auf meinen Verstand stolz sein und nicht auf meinen Busen!"

„Entschuldigung, Fräulein Kramer, ich wollte Ihnen wirklich nicht zu nahe treten." Er grinste belustigt.

Sie betraten das Restaurant, suchten sich einen Tisch mit Blick auf den See und bestellten das Familienfrühstück. Das Rührei mit Speck war grandios, das Brot für italienische Verhältnisse ausgezeichnet, der Kaffee ein Traum. Beide futterten mit großem Appetit, als Pauline unvermittelt innehielt. Tränen traten in ihre Augen. Plötzlich sah sie das Bild wieder vor sich ...

„Opa ... Oh Papa, es ist alles so schrecklich. Was wird nur jetzt werden? Was wird aus uns?" Sie vergrub ihr Gesicht in den Händen und versuchte, ihr Schluchzen zu unterdrücken.

„Alles wird gut, Paulchen, vertrau mir!", flüsterte Kramer.

Schlagartig hatten sie beide keinen Appetit mehr. Kramer zahlte.

„Und wohin jetzt?" Pauline blickte ihren Vater unsicher an, als sie zurück zum Wagen gingen und einstiegen.

„Nach Limone. Wir haben dort um zehn ein Date, schon vergessen?"

Er ließ den Wagen an. Schweigend fuhren sie auf der Gardesana Occidentale durch die kunstvoll in den Stein gehauenen Galerien, die sie aber kaum wahrnahmen. Für die Schönheit der Landschaft hatten sie beide keinen Nerv.

Kurz vor halb zehn parkte er den Wagen in der Tiefgarage des Hotels Leonardo, schulterte die Leinentasche und gab Pauline die Anweisung, sich in Sichtweite in der Lobby aufzuhalten. Bevor sie die Hotelhalle betraten, setzte er eine SMS ab.

Palermo, 1982

Die Geschäfte gingen prächtig. Das Netzwerk, das Theo mit Hilfe seiner sizilianischen Freunde in den vergangenen Jahren aufgebaut hatte, durchzog inzwischen nahezu den gesamten europäischen Raum. Trotz des Kalten Krieges bahnten sich auch fruchtbare Beziehungen zur UdSSR und deren Satelliten an. Sie hatten sich also doch richtig entschieden. Der engere Führungskreis hatte zunächst den Brückenkopf in Genua aufschlagen wollen. Dort war einer der wichtigsten Ausgangspunkte der „Rattenlinie" gewesen, der Fluchtroute vieler Nazigrößen in ihre neuen Identitäten und Heimatländer. Die Rolle der Mafia, der Geheimdienste und auch gewisser klerikaler und staatlicher Organisationen in dem Netzwerk einer organisierten Massenflucht war nie exakt aufgearbeitet worden.

Die Beziehungen zur 'Ndrangheta und den in Genua ansässigen Clans waren nach wie vor erstklassig. Aber auch nach Meinung der italienischen Freunde wäre ein Anknüpfen an bestehende Strukturen für das, was sie vorhatten, nicht eben förderlich gewesen. Die großen Drei – Cosa Nostra, 'Ndragheta und Camorra – hatten deshalb, auch auf Druck ihrer „Schwesterverbände" in Asien, Südamerika, Nordamerika und Afrika, Sizilien als neuen Hub für ihre internationalen „Austausch-

geschäfte" präferiert, und die Odessa hatte sich überzeugen lassen.

Für die Organisation, ihre Verbündeten und deren Geschäfte gab es keine Grenzen. Die bis heute schwelenden Kriegsherde in Asien und Afrika füllten ihnen seit Ende der Fünfzigerjahre die Kassen und sicherten den italienischen Partnern die Versorgung mit den verschiedensten Rauschmitteln.

Theo saß mit Hans im Büro und besprach die aktuelle Lage. Mehr als zweitausend Personen standen mittlerweile unter seinem Kommando. Alle, die er befehligte, verfügten selbst über eine beachtliche Zahl eigener Zellen. In Summe besaß Theos Truppe die Stärke von zwei Divisionen.

„Wenn wir erfolgreich sein wollen, müssen wir eine klare Struktur schaffen, die Meldeketten sichern und vor allem für eiserne Disziplin sorgen. Nur unangefochtene Autorität garantiert das Gelingen der Operation."
Hans nickte. „Wir brauchen eine Exekutive, die nur uns unterstellt ist und die Durchsetzung unserer Befehle garantiert."
„Korrekt! Die Männer müssen unser unbedingtes Vertrauen haben. Wir sollten sie selbst auswählen und ihre Loyalität permanent prüfen", stellte Theo fest.
„Kettenhunde", bemerkte Hans kurz.
Theo überlegte. „Kein schlechter Gedanke, Hans."
‚Kettenhunde' wurden die Feldjägereinheiten von Wehrmacht und SS genannt. Eine brutale Polizeitruppe, deren Angehörige im Zweiten Weltkrieg ein überdimensionales Brustschild trugen, das mit einer Kette um ihren Hals befestigt war und den Männern, die ihrer Führung frag- und bedingungslos gehorchten, ihren martialischen Namen gab.
„Wir sollten schnell mit dem Aufbau der Einheit beginnen und der Zentrale berichten. Die Geschäfte mit dem Osten und insbesondere mit der DDR", *Theo betonte die drei Buchstaben des abgespaltenen Ostdeutschlands mit Verachtung in der Stimme,* *„machen es notwendig, in Deutschland einen neuen Brückenkopf zu bilden. Wir können es uns nicht*

leisten, Potenzial, Sympathisanten und wirtschaftlich-politische Möglichkeiten dort brachliegen zu lassen."

Hans nickte. Die Organisation hatte schon lange vor 1961 und dem damit verbundenen Bau der Mauer Personal in die sowjetische Besatzungszone eingeschleust. Viele hochrangige Parteifunktionäre der SED und vor allem Offiziere der NVA waren ehemalige Nazis.

Die militärischen Grundstrukturen von Wehrmacht und Gestapo waren vom ostdeutschen System nahezu ohne Bruch übernommen worden. Einzig der Fahneneid wurde jetzt nicht mehr einem Führer, sondern der Partei geleistet. Was für ein epochaler Unterschied! Ließ man die Nomenklatur beiseite, hatte sich dort nahezu nichts verändert.

Auch in Westdeutschland hatte man, was Organisationsstrukturen betraf, nicht vollständig mit der Vergangenheit gebrochen. Beim Aufbau der Organisation Gehlen, aus der später der BND hervorging, fanden sich ebenso wie bei der neuen Bundeswehr viele ehemals gediente und hochrangige Militärs, zum Teil auch Gestapo- und SS-Angehörige, wieder. Eine Entwicklung, die die Innere O tatkräftig unterstützte. Die DDR – vor allem deren gesamter Exekutivapparat – konnte für die Operation Genesis ein wesentlicher

*Schlüssel sein, so die Überzeugung der Inneren O.
In Ost und West konnte das Syndikat auf ein durchaus
belastbares Netzwerk von Sympathisanten und Unterstützern bauen. Dem amerikanischen Imperialismus
lag viel an der Verhinderung eines weltweiten Bolschewismus. Das war den Amis fast jeden Preis wert.
Seit Ende des Krieges konnten sie jedenfalls darauf
vertrauen, dass CIA, und NSA die Füße sehr stillhielten, sofern sie überzeugt waren, Personen oder
Aktionen der ODESSA seien der amerikanischen
Sache nützlich.*

*„In vierzehn Tagen sollten wir über einen Zugführer,
fünf Gruppenführer und je zwanzig Mann verfügen.
Kümmere dich darum, Hans, ja?" Theo verließ das
Büro. Es war ein langer, anstrengender Tag gewesen. Auch in der Woche zuvor hatte er seine Familie
kaum gesehen. Er freute sich auf Zuhause, seine Frau
und seine kleine Tochter Karin, die jetzt bald zwei
Jahre alt sein würde.
Als er in die Auffahrt seines Hause einbog, sah er
Luise mit der Kleinen im Arm winkend an der Tür
stehen. Sie schien aufgeregt.
„Theo, schön, dass du da bist!" Luise war auf ihn
zugelaufen und küsste ihn aufgeregt, als er aus dem
grauen Mercedes stieg.*

„Stell dir vor, wir bekommen hohen Besuch! Paolo war gerade hier, er kommt heute zu uns zum Essen – rate, mit wem?"
Luise hatte sich mit einigen Frauen aus dem örtlichen Wirtschaftsleben angefreundet und war – Dank ihres guten Italienisch und ihrer verbindlichen Art – inzwischen hervorragend in das Gesellschaftsleben der Region integriert. Sie liebte es, die Dame eines gastfreundlichen Hauses zu sein, und investierte viel Leidenschaft und Engagement in gepflegte Gastlichkeit in ihrer neuen Heimat.
„Na, wer kommt denn, Schatz?" Theo drückte seine Frau lächelnd an sich.
„Du glaubst es nicht!" Luise war ganz aus dem Häuschen.
Die Kleine streckte Theo brabbelnd die Arme entgegen, der sie sofort hochhob und auf seine Schultern setzte. Juchzend patschte ihm Karin auf den Kopf, dessen Haar sich grau zu färben begonnen hatte. Dann legte sie ihre kleinen Hände um den Hals ihres Vaters und drückte ihren Kopf an den seinen. Eine vertraut anrührende Geste, die zeigte, wie sehr Karin an Theo hing.
„Matteo kommt!"
„Wer?", fragte er erstaunt.
„Matteo Cazzano wird uns heute zum Essen die Ehre geben."

*Diese Nachricht erstaunte ihn wirklich. Cazzano war in den vergangenen Jahren mehrfach in den Fokus nationaler und internationaler Ermittlungen geraten und hatte es vorgezogen unterzutauchen. Gerüchten zufolge hatte der Cazzano-Clan heftige Auseinandersetzungen mit einer anderen „Familie" vom Festland gehabt.
Wer dabei wessen Geschäfte übernehmen wollte, verschloss sich Außenseitern. Klar war, dass es wie immer um viel Geld, Macht und Einfluss ging. Und es hatte Tote gegeben – leider nicht nur in den Reihen der Kontrahenten. Auch Polizisten waren ums Leben gekommen.
Eine unmittelbare Tatbeteiligung hatte Matteo nie nachgewiesen werden können, auch wenn offensichtlich war, dass er seine Finger im Spiel hatte. Es musste etwas Wichtiges zu besprechen geben, dessen war sich Theo sicher.
„Wann kommt er?"
„Gegen acht. Früher wäre auch knapp, ich muss noch die ganze Tischdeko vorbereiten ..." Luise zwirbelte unternehmungslustig ihr Haar zusammen.
„Na, dann haben wir ja noch viel Zeit zum Spielen, mein Schatz." Er hob Karin von seinen Schultern, küsste sie und warf sie in die Luft. Die Kleine quietschte vergnügt. Die nächste Stunde und die*

ungeteilte Aufmerksamkeit ihres Vaters waren ihr gewiss.

„Ich helfe Sina in der Küche", trällerte Luise, drückte ihrer Tochter und Theo einen Kuss auf die Wangen und verschwand geschäftig im Haus.

Punkt acht fuhr eine große, schwarze Limousine mit abgedunkelten Scheiben vor. Zwei bullige Kerle in dunklen Anzügen stiegen aus und öffneten nach kurzen, prüfenden Blicken die Türen. Paolo und Matteo entstiegen dem Wagen, in moderne, helle Sommeranzüge der Mailänder Couture gekleidet. Mit weit geöffneten Armen traten sie auf die Gastgeber zu, umarmten und küssten sie auf beide Wangen.

Hätte ein Außenstehender diese Szene beobachtet, wäre er gerührt gewesen von der herzlichen, arglosen Familienszene. Die Realität war eine andere, ihre Akteure sämtlich Mitglieder krimineller Vereinigungen – tragende Figuren in einem Spiel, das nationale Grenzen verschwimmen ließ. Hier traf sich gerade der Hochadel des modernen organisierten Verbrechens.

Theo bat seine Gäste zum unerlässlichen Aperitif auf die Veranda. Man tauschte sich über Belanglosigkeiten aus und genoss den gekühlten Champagner in der spätsommerlichen Abendwärme. Sina half Luise, den Gästen die kleinen Porzellantabletts zu reichen, auf denen sich auserlesene Antipasti, Bruschette und

andere Köstlichkeiten befanden. Als sie sich der Gruppe näherte, die plaudernd beieinanderstand, entglitt der Köchin ein Servierteller und knallte mit berstendem Widerhall auf den Boden.
"Scusate, scusate, per favore", schnell hatte sich Sina tief gebückt, sammelte die Scherben des Malheurs in ihre Schürze und eilte in die Küche.
Luise blickte ihr erstaunt nach. "Sonst ist sie nicht so ungeschickt. Entschuldigt bitte, aber das kann passieren", winkte sie ab. "Freut euch auf die Saltimbocca, ihr werdet staunen! Wollen wir"?
Mit einer einladenden Geste bat die Dame des Hauses die Herren, ihr zu folgen. Sie betraten den Speiseraum durch die großen, geöffneten Flügeltüren. Die Tafel war prächtig dekoriert. Rote Orchideenknospen zierten die blütenweiße Decke, auf der vier silberne Platzteller standen. Um diese reihte sich eine Menge an Besteck, was auf eine beträchtliche Anzahl geplanter Gänge schließen ließ.
"Da scheint uns ja einiges zu erwarten", bemerkte Cazzano und küsste galant Luises Hand, die ihm den Platz ihr gegenüber anbot. Ein eigens für diesen Abend von Paolo vermittelter Kellner trug als Vorspeise Spaghetti Vongole auf, wozu ein leichter Weißwein aus dem Friaul gereicht wurde.
"Wie ich höre, verlegst du deinen Geschäftssitz dem-

nächst nach München?", wandte sich Matteo fragend an Theo. Luise hob erstaunt die Augenbrauen. Sie war nicht eingeweiht, doch sie schwieg.

„Wie immer bestens informiert, Matteo", antwortete Theo. „Ja, gewisse Umstrukturierungen scheinen uns unumgänglich."

„Ich hoffe nicht, dass sich das negativ auf unsere guten Beziehungen auswirkt", bemerkte Cazzano und blickte lächelnd auf das Weinglas in seiner Hand.

Theo entging die leise Drohung in seinen Worten nicht.

„An unseren guten Beziehungen wird sich selbstverständlich nichts ändern, Matteo. Du hast mein Wort."

In diesem Augenblick durchdrang ein markerschütternder Schrei den Raum. Dann ging alles rasend schnell.

Drei Schüsse peitschten durch das Zimmer. Luise brach mit ungläubigem Staunen im Gesicht und zwei blutenden Wunden im Rücken langsam zusammen und sank neben Cazzano geräuschlos zu Boden.

Am Kücheneingang, links von der Tafel, hockte Sina breitbeinig an der Wand. Aus der kleinen Wunde an ihrer Stirn sickerte Blut. In den Händen hielt sie Theos Mauser.

Der Kellner hielt die Beretta, mit der er die Köchin niedergestreckt hatte, noch im Anschlag. Matteo hob

die schwerverletzte Luise, die halb auf seinen Füßen lag, vorsichtig hoch, trug sie zu einer Ottomane, die an der Wand des Esszimmers stand, und legte sie sanft darauf ab.
Was sie für ihn getan hatte, würde er nicht wieder gut machen können: Luise hatte Sina mit der Pistole in der Hand aus der Küche treten sehen und sich in dem Moment, als die Köchin von einem schrillen Schrei begleitet die beiden Schüsse abgab, vor Cazzano geworfen. Die Chance auf einen zweiten Versuch war Sina verwehrt geblieben – zu schnell hatte der Kellner, wie es sich für einen guten Bodyguard gehört, reagiert und die Angreiferin mit einem gezielten Schuss ausgeschaltet.
Luises Augen flackerten. „Theo." Ihre Stimme, leise und schwach, aber voller Wärme, drang tief in sein Herz. „Sorge für unser Kind. Ich liebe euch und werde auf dich warten, wie immer."
Sie blickte ihm in die Augen und versuchte ein Lächeln, das ihr nicht mehr gelang, bevor ihr Blick in die Ferne glitt. Theo beugte sich über seine tote Frau und schrie vor Schmerz über ihren Verlust. Er brüllte wie ein wildes Tier. Seine Verzweiflung, sein unsäglicher Hass waren geradezu greifbar.
Matteo und Paolo hatten sich auf die Terrasse zurückgezogen und beratschlagten. Als Theo nach draußen

trat, sich haltsuchend an die sonnengewärmte Hausmauer lehnte und das Gesicht in den Händen verbarg, spürte er Cazzanos Hand auf seiner Schulter und dann eine feste Umarmung.
„Es tut mir unendlich leid, Theo." Tränen standen in den Augen des hartgesottenen Mafioso. „Ich kannte sie", er deutete auf Sinas Leiche. „Sie war die Mutter eines Polizisten, der vor vier Monaten bei einer Schießerei ums Leben gekommen ist. Sie wollte sich an mir rächen ... Deine Frau hat mein schändliches Leben gerettet, Theo. Ich stehe für immer in deiner Schuld." Er küsste Theo auf beide Wangen – eine Geste wie ein Versprechen.
Paolo gab dem Kellner eine kurze Anweisung.
Der nickte knapp. Dann wandte er sich an Theo.
„Kümmere dich um deine Frau und Karin, den Rest erledigen wir."
Theo würde seiner Tochter erzählen, dass Luise bei einem Autounfall ums Leben gekommen sei. Karin sollte nie von den wahren Umständen des tragischen Todes ihrer Mutter erfahren.

EIN TREFFEN VOLLER ÜBERRASCHUNGEN

Sein Handy vibrierte. Hans Reichmann nahm das Gespräch entgegen. Der Chef wusste, dass das Treffen mit Kramer in fünfzehn Minuten stattfinden würde, und gab Reichmann letzte Anweisungen. „Finden Sie heraus, ob er etwas über die Liste weiß, und verschaffen Sie uns dieses verdammte Dokument! Es ist entscheidend für den Erfolg unserer Sache! Und, Reichmann, seien Sie vorsichtig! Schützen Sie den Jungen und seine Tochter. Haben Sie verstanden?"

„Jawohl!"

Der Anrufer beendete das Gespräch grußlos, lehnte sich in den Ledersessel zurück und legte seine Hände auf den riesigen Schreibtisch. Nervös trommelten seine Fingerspitzen auf die Tischplatte.

Er konnte niemanden verschonen, solange die Organisation nicht im Besitz der Liste war, in der Mattisek seit 1964 die Strukturen der Organisation, Kontaktpersonen, Bestechungsgelder, wesentliche Abläufe der Operation Genesis, vor allem aber die Mitglieder des Inneren Zirkels peinlich genau niedergeschrieben hatte. Diese Liste legte alles bloß, was die Organisation ausmachte. Er verschränkte seine Hände ineinander. Der große

Rubin an seiner linken Hand blitzte teuflisch im Licht der Tischlampe auf.

Mattisek war offenbar beseitigt worden – er wusste noch immer nicht, von wem. Aber die Liste existierte weiter und bedrohte ihre Existenz. Nur die Sicherstellung der Aufzeichnungen konnte ihn in die Lage versetzen, den gordischen Knoten zu lösen und Leben zu schonen.

Eventuelle Kollateralschäden waren eingrenzbar. Die meisten Beteiligten wussten zu wenig, um die Organisation ernsthaft zu gefährden.

Reichmann betrat die Lobby des Leonardo da Vinci um Punkt zehn Uhr. An der Hotelbar erkannte er Pauline, die ihn unschlüssig musterte. In einem der Clubsessel saß Peter Kramer, der grüßend die Hand hob, als er ihn erblickte. Reichmann ging auf ihn zu und nahm gegenüber Platz. Sie bestellten Kaffee.

„Tut mir leid, Peter, aber ich habe wirklich gedacht, du würdest mit deinem Schwiegervater gemeinsame Sache machen. Er war ein verdammter Verräter. Ist nicht schade um ihn", begann Reichmann das Gespräch übergangslos.

„Ach ja? Was macht dich da so sicher, Hans? Und wer garantiert mir, dass du nicht der Verräter bist?" In Kramers Augen blitzte kalte Wut.

Reichmann griff in die Seitentasche seines Jacketts und warf die zerbrochenen Überreste der SIM-Karte auf den Tisch zwischen ihnen.

„Weil Karin ihren Vater eher umbringen würde als sich auf die andere Seite zu stellen. Sie würde nie Kontakt zu dir halten, wenn sie dir nicht rückhaltlos vertrauen könnte. Also tue ich das auch." In seinen Augen flackerte fanatische Überzeugung. „Was weißt du von der Liste?"

„Von welcher Liste?", fragte Peter überrascht.

„Theo hat Strukturen, bestimmte Kontakte, Vorgänge und Abläufe der Operation Genesis akribisch aufgezeichnet. Und, weit schlimmer, auch die Namen der Mitglieder der Inneren O. Typisch Buchhalter eben." Reichmann lachte verächtlich.

„Oder Stratege. Er hat die Liste als Faustpfand behalten, um sich im Fall der Fälle freizukaufen", überlegte Kramer laut.

„Korrekt. Die Aufzeichnungen haben einen immensen Wert. Wenn diese Liste in die falschen Hände gerät, kann es das Ende der Inneren O bedeuten."

Kramer nickte langsam. Dann stellte er die Frage, die ihn schon lange umtrieb. „Warum hast du uns nach Italien beordert, Hans?"

„Das war unumgänglich. Ich habe hier zusammen mit Theo die Europaabteilung unserer Organisation aufgebaut und weiß, dass ich in Italien auf die Hilfe unserer alten Freunde zählen kann – und muss. Wenn es hart auf hart kommt, lassen die mich nicht untergehen." Er räusperte sich und fuhr fort: „Im Übrigen habe ich dich nicht herbeordert. Ich bin dir gefolgt, und als wir telefonierten, warst du bereits auf dem Weg. Bei dir schien das Ziel deiner Reise schon vorher festzustehen." Reichmann kniff misstrauisch seine Augen zusammen.

„Ja, du hast Recht. Theo hat mir aufgetragen, mich für den Fall, dass ihm etwas zustößt, an Salvatore Gorgonese zu wenden. Der residiert drüben in Malcesine."

„Salvatore. Interessant ... Dann scheint meine Vermutung ja richtig zu sein."

„Du kennst Salvatore?"

„Ja, natürlich", bemerkte Hans. „Aus einem früheren Leben, sozusagen. Er ist etwas älter als ich."

„Dann komm doch mit! Es wäre mir nur recht, jemanden dabei zu haben, der ihn kennt." Kramer erhob sich und gab seiner Tochter ein Zeichen, ihnen zu folgen. Im Hinausgehen winkte er dem Kellner, der diensteifrig zu ihm eilte, und zahlte. Am Wagen angelangt, bedeutete er Pauline, ihre Sachen aus dem Alfa zu holen, während er begann, mit Papierservietten mögliche Fingerabdrücke im Wagen und an den Türen zu beseitigen.

Reichmann half ihm professionell, ungefragt und wortlos. „Eins noch, Peter: Warum Limone, wenn Malcesine dein Ziel ist?"

„Tarnen und täuschen – schon vergessen, Herr Hauptscharführer?", grinste Kramer ihn an. Reichmann nickte; ein kleines Schmunzeln hatte sich in seine ernsthaften Züge gestohlen.

„Und was jetzt?", fragte Pauline, die Reichmann immer noch misstrauisch beäugte.

„Wir nehmen meinen Wagen", schlug Reichmann vor.

„Kommt nicht in Frage", widersprach Peter Kramer bestimmt. „Wir setzen mit dem Boot über."

Sie machten sich zu Fuß auf den Weg zum Hafen. Kramer trug die graue Leinentasche. Pauline zog den Trolley rumpelnd hinter sich her, ihren olivfarbenen Rucksack hatte sie fest umgeschnallt.

Es war ein beachtliches Stück Fußweg. Als sie endlich an der Mole ankamen, sahen sie mehrere Wassertaxis nebeneinander sacht auf den Wellen schaukelnd liegen. Kramer wählte das vorderste und sprang an Bord. „Vogliamo un passaggio a Malcesine, per favore!"

„Va bene, Signore. Setzen Sie sich bitte", antwortete der junge Bootsführer in überraschend akzentfreiem Deutsch. Pauline blickte ihn erstaunt an und erkannte unter der tief ins Gesicht gezogenen Schirmmütze Jakob Brenner, der sie breit angrinste. Sie wandte sich rasch ab – auch, um die Röte zu verbergen, die ihr ins Gesicht geschossen war.

Mit geübten Handgriffen löste Jakob die Vertäuung, ließ den Motor an und fuhr auf den See hinaus. Wenige Augenblicke später jagten sie auf die ehrfurchtgebietende Festung von Malcesine zu, die am jenseitigen Ufer zu erkennen war.

Pauline sah vor ihrem geistigen Auge, wie ihr Großvater ins Wasser stürzte, und tiefe Trauer grub sich in ihr Herz. Er mochte in anderen Lebensrollen ein schlechter Mensch gewesen sein – aber er war der beste Opa gewesen, den man sich nur hatte wünschen können.

Nach einer Weile drosselte Jakob den Motor und peilte den kleinen Hafen in der Ortsmitte an.

„Nein, bitte fahren sie zur Burg. Ich will meiner Tochter zeigen, wo seine Mutter und ich geheiratet haben." Peter Kramer legte einen Arm um Paulines Schultern.

„Jawohl, Herr Oberst. Verdammt, was ...?!" Jakob fluchte, als er Reichmanns blitzschnelle Bewegung wahrnahm, die Pistole sah, die er auf Kramer und ihn selbst richtete.

Pauline starrte mit offenem Mund auf die irrsinnige Szene, halb voll ungläubigem Staunen – eine solche Schnelligkeit hätte sie einem knapp Achtzigjährigen nie zugetraut –, halb voller Verzweiflung ... nicht auch noch ihr Vater! Im nächsten Augenblick war sie nur noch Reaktion, und während sie die Glock beidhändig in Anschlag riss, hörte sie Reichmann voller unbändigem Hass schreien: „Also doch, du Schwein, du dreckiger Verräter! Ich knall dich ab!"

Sie drückte ab. Ein Schuss peitschte über den Gardasee.

Reichmann fuhr herum. Sein Pistolenarm fiel schlaff nach unten. Die Walther entglitt seiner blutüberströmten Hand und fiel polternd zu Boden. Sein Blick hing an Pauline, ungläubige Überraschung stand in seinen Augen. Das Mädchen hatte ihm gezielt in den Unterarm geschossen.

Brenner löste sich als erster aus der Erstarrung und blickte mit schiefem Grinsen zu Pauline hinüber. „Respekt, Fräulein Kramer, wollen Sie bei uns anheuern?"

Reichmann fiel mit einem diabolischen Grinsen auf die Knie. Schaum troff aus seinem Mund. In dem kurzen Moment der allgemeinen Verblüffung hatte er sich einen Gegenstand in den Mund geschoben. Sie hörten selbst durch das Geräusch des laufenden Bootsmotors das knirschende Brechen des Glasröhrchens.

„Ihr seid alle totes Fleisch ... Verräterpack!" Noch während er seine Verachtung ausspie, blickten seine Augen bereits hinter den Horizont des Fassbaren. Reichmanns Oberkörper schlug krachend auf den holzbeplankten Boden des Motorbootes.

„Zyankali", bemerkte Kramer, der seiner zitternden Tochter die Pistole aus der Hand nahm und sie in die Arme schloss. „Paulchen, ohne dich wären wir jetzt alle Geschichte. Ich bin so stolz auf dich."

„Habe ich wirklich gerade auf einen Menschen geschossen?", stammelte sie ungläubig.

„Ja, und sogar perfekt getroffen", antwortete Jakob, während er eine Segeljacke über Reichmanns Körper warf. Pauline fixierte ihn streng.

„Wo kommst du überhaupt schon wieder her?", fragte sie.

„Schon mal was von Gehorsam gehört, Fräulein? Dein Vater hat mir eine SMS geschickt."

„Geht eigentlich immer alles nach Deinen Plänen, Paps?"

„Nein, leider nicht alles, aber das Wichtigste wohl schon." Kramer wandte sich an Brenner und deutete auf den kleinen Anleger aus behauenem Stein direkt neben der Befestigungsanlage. „Setz uns drüben ab!"

Kaum lag das Boot vertäut, sprang er ohne einen Blick zurück an Land, winkte Pauline, ihm zu folgen, und verließ die Anlegestelle nach einem kurzen Gruß. Um die Beseitigung der Leiche würde sich Brenner zuverlässig kümmern.

EIN ORT MIT GESCHICHTE UND HINTERGRUND

Mit eiligen Schritten über die großen, moosbewachsenen Steinquader gingen sie am Wasser entlang, das tiefblau und klar in der Sonne lag. Paulines Knie zitterten noch immer. Sie hatte gerade auf einen Menschen geschossen, der sich wenig später selbst umgebracht hatte. Die Erinnerung schien ihr schon jetzt unwirklich. Nach einem kurzen Blick in ihr starres Gesicht zog Kramer sie an sich, drückte sie auf einen der warmen Brüstungssteine und legte ihr den Arm um die Schulter. Schweigend starrten sie ins Wasser, dessen leichte Dünung gegen die Felsen zu ihren Füßen schwappte.

Hoch ragten die Mauern der Scaliger Burg aus dem blauen Spiegel des Seeufers. Kramer versuchte die Anspannung zu überspielen. „Kaum zu glauben, dass hier einmal eine erbitterte Seeschlacht stattgefunden hat, oder?"

„Was, hier am Gardasee? Eine Seeschlacht, ernsthaft?", fragte Pauline wie in Trance, aber dennoch verblüfft.

„Ja, ernsthaft. Im 15. Jahrhundert befanden sich die Venezianer mit den Mailändern in einer harten kriegerischen Auseinandersetzung um die Vorherrschaft in Oberitalien, die sogar vor dem Gardasee nicht Halt machte", erklärte Kramer.

Pauline war froh über den geschichtlichen Ausflug, der sie von dem gerade Erlebten ablenkte und sie nicht darüber nachdenken ließ, was ihnen noch bevorstand.

Alles kam ihr reichlich verrückt vor. Sie hatte mit siebzehn Jahren zum ersten Mal in ihrem Leben auf einen Menschen geschossen, der sich kurz danach vor ihren eigenen Augen das Leben nahm. Sie verfiel nicht in Hysterie, was in Anbetracht der Umstände durchaus passend erschien, sondern lauschte stattdessen den geschichtlichen Ergüssen ihres Vaters. Jeder Psychologe hätte an der Analyse dieser Szene wohl seine wahre Freude gehabt.

„Erzähl weiter, Paps", hörte sie sich sagen.

„Die Stadt Brescia gehörte damals den Venezianern und war von den Mailändern eingeschlossen. Die beherrschten das Territorium um die Stadt und den Süden des Gardasees. Dann brach in Brescia die Pest aus und zwang die Venezianer zu handeln. Sie riefen um Hilfe.

Mit zweitausend Zugochsen beförderten die Hilfstruppen sechs große Galeeren und sechundzwanzig Kriegsbarken über die Berge an das Nordufer des Gardasees, um die Schlacht auch vom See aus zu führen." Ihr Vater war eine Art menschliches Geschichtsbuch, stellte Pauline nicht zum ersten Mal fasziniert fest.

„Am 20. November 1439 wurde auf der Höhe von Torbole ein Großteil der angreifenden Flotte versenkt. Aber bereits im April 1440 befand sich nach einem Gegenangriff das gesamte Gardagebiet wieder fest in den Händen Venedigs. Das blieb dreihundertfünfzig Jahre lang so – bis Napoleon im Jahr 1796 die Republik Venedig auflöste.

Noch im 19. Jahrhundert gab es eine kleine Gardasee-Flottille unter österreichischer Führung von Feldmarschall Josef Wenzl, Graf von Radetzky. Das Kanonenboot SMS Benaco ging am 20. Juni 1859 vor Saló nach schweren Treffern einer piemontesischen Landbatterie unter. Im gleichen Jahr wurde die österreichische Gardasee-Flotte endgültig aufgelöst.

Die beiden verbliebenen Schiffe wurden verkauft und standen unter den geänderten Namen RN Príncipe Oddone und RN San Marco bis 1880 im Dienst der italienischen Marine."

„Woher weißt du das alles, Papa?" Pauline konnte kaum begreifen, dass so viele detaillierte historische Daten in den Kopf ihres Vaters passten.

„Ich habe mich schon immer für Geschichte interessiert, besonders dann, wenn sie derart skurrile Geschehnisse überliefert", antwortete Kramer lächelnd, erhob sich und reichte seiner Tochter nach ein paar Schritten die Hand, um ihr über die steilen, roh behauenen Stufen zu dem kleinen Mauerdurchlass hinaufzuhelfen, der in das Innere der dreiteiligen Anlage führte. Pauline schien sich beruhigt zu haben, soweit man das nach einem solchen Erlebnis konnte. Sein historischer Ausflug hatte seine Wirkung getan.

Sie deponierten Tasche, Rucksack und Trolley an der Eingangspforte. Die nette Kassiererin öffnete ungefragt ihr Häuschen und wuchtete das Gepäck kurzerhand hinein. „Nessun problema – natürlich passe ich darauf auf, signori!"

Der Innenhof, der sich ihnen erschloss, war ein bezaubernder, üppig blühender Garten. Die uferseitigen Gebäude waren fachmännisch restauriert worden und dienten der Gemeindeverwaltung unter anderem als Standesamt. Pärchen aus ganz Europa gaben sich an diesem geschichtsträchtigen Ort das Jawort. Die Location war über Monate hinweg ausgebucht; in der Hauptsaison von Mai bis August gaben sich hier die Brautleute im Viertelstundentakt die Klinke in die Hand. Drei Standesbeamte wechselten sich ab, um den Andrang zu bewältigen und der Stadtkasse eine nette Summe einzuspielen.

Peter hatte Pauline an die Hand genommen. „Hier habe ich deine Mutter vor achtzehn Jahren geheiratet." Er deutete auf die niedrige, steinumfasste Holztür, unter die sich gerade eine fröhlich lachende, in üppige Schleier gehüllte Braut bückte.

„Der Blick von innen durch die mit Blei verglasten Scheiben auf den See ist einfach magisch", sinnierte Peter.

„Wann...", Pauline zögerte. „Wann hast du sie zum letzten Mal gesehen? Mutter, meine ich."

„Vor ein paar Wochen."

„In Dubai?", fragte Pauline.

„Genau. Wir haben versucht uns so häufig wie möglich zu treffen. Als deine Mutter uns damals verlassen hat, wusste sie nicht, dass ich für den MAD arbeitete. Sie vermutete, dass ich mich in den Dienst der Organisation stellen und Teil des Sumpfes werden würde, dem sie verzweifelt versuchte zu entkommen."

BEWUSSTER SEITENWECHSEL

Pauline starrte ihren Vater an. So oft schon hatte sie ihn gebeten, ihr zu erzählen, was genau vor dem Weggang ihrer Mutter passiert war. Es musste doch einen Anlass gegeben haben, einen Moment, der entschieden hatte, dass sie ihr Leben ohne Mann und Kind weiterführen würde. Aber Peter Kramer war immer ausgewichen. Würde sie jetzt endlich Antworten auf die Fragen erhalten, die sie sich seit so vielen Jahren verzweifelt stellte?

Peter sprach langsam, leise. Er musste sich überwinden, das war deutlich zu spüren. „Deine Mutter hatte sich schon kurz vor unserer Hochzeit dem BND verpflichtet und wollte aussteigen, um mit uns ein Leben zu führen, ohne in die kriminellen Machenschaften der ODESSA verwickelt zu sein. Ich hatte keine Ahnung davon. Ob meine Vorgesetzten, also die MAD-Führung, das wussten oder nicht … ich bin mir da bis heute nicht sicher."

Gedankenverloren schwieg er einen Moment und fuhr dann zögernd fort. „Deine Mutter musste jedenfalls annehmen, dass es für dich und mich gefährlich sein würde, wenn sie auffliegt. Und sie wollte nicht ihren eigenen Mann ans Messer liefern. Es war ihr zwar zuwider, dass mich Theo als seinen designierten Nachfolger in die Organisation einführte, aber es kam ihr für ihre Entscheidung, ihren neuen Weg, auch zupass.

Niemand vermutete etwas anderes als gekränkte Eitelkeit, als deine Mutter Hals über Kopf um ihre Abordnung nach Asien bat. Ich war damals geschockt. Sie hatte sich nichts anmerken lassen. Von einem Tag auf den anderen hatte sie wegen einer Lappalie einen heftigen Streit heraufbeschworen und mir serviert, dass sie uns verlassen würde."

„Aber warum hat sie mich nicht mitgenommen?" fragte Pauline. Die Verzweiflung über den Verlust ihrer Mutter, die sich tief in ihre Seele eingebrannt

hatte, überschwemmte sie. „Ach Paulchen, das hat ihr doch auch fast das Herz herausgerissen.
Sie hatte doch immer die vielbeschäftigte Business-Mutter gespielt. Es wäre gegenüber der Organisation, die sie in Sicherheit wiegen wollte, wenig glaubwürdig gewesen, wenn sie plötzlich den Familienmenschen gemimt hätte und ..." Er brach ab.

„Und?", bohrte Pauline nach.

„Und dich hierzulassen war sozusagen eine doppelte Lebensversicherung für sie. Wenn sie als Agentin des BND auffliegen würde, konnte die ODESSA sicher sein, dass sie mit dir ein hervorragendes Druckmittel hätten. Es ist nur logisch, dass Karin ab dem Moment ihrer Enttarnung nichts preisgeben würde, was deine Sicherheit auch nur annähernd gefährdet. Als erneut umgedrehte Agentin konnte sie der Organisation dann sogar noch mehr nutzen. Also tat sie das, was in ihren Augen deine und ihre Sicherheit am besten gewährleistete. Es ist ihr nicht leichtgefallen, Paulchen. Das alles wurde mir auch erst viel später klar. Ich ging wie du – wie alle – davon aus, dass sie einfach ein anderes Leben wollte. Ein Leben ohne uns.

Dank der Hilfe deiner Mutter konnten in den letzten Jahren zahlreiche empfindliche Schläge gegen die ODESSA geführt werden, ohne dass es je Rückschlüsse auf sie gab. Und meine Rolle innerhalb der Organisation behielt sie für sich."

Sie schlenderten auf den großen Burgfried zu. Peter blickte auf die Uhr. „Wir haben noch Zeit. Komm, lass uns hochgehen! Der Blick von oben ist einfach atemberaubend."

Gedankenverloren folgte Pauline ihrem Vater unzählige Treppenstufen hinauf. Sie erreichten die letzte Zwischenetage. Zu der offenen Plattform über ihnen, auf der ein mächtiges Glockengestell befestigt war, führte eine steile Holzleiter. Sie kletterten nach oben.

ATEMBERAUBENDE AUSSICHTEN

Peter Kramer hatte nicht zu viel versprochen: Im Osten reichte der Blick über die Dächer und eng verwinkelten Gassen des malerischen Orts Malcesine bis hin zum Monte Baldo. Vereinzelt konnte man Staubfahnen in der flirrenden Luft erkennen. Sie stammten von Downhillern – Mountainbikern, die mit der Seilbahn hochfuhren, um sich dann in halsbrecherischem Tempo auf die rasante Abfahrtspiste zu begeben. Nördlich, westlich und südlich lag der See wie ein polierter Achat unter ihnen. Boote schoben weiße Schaumkronen vor sich her. Surfer, Katamarane und Motorboote bewegten sich in harmonischem Tanz über die Wasseroberfläche. Es war ein herrlicher Tag. Die Sonne und eine leichte Brise pusteten vereinzelte Wölkchen über den azurblauen Himmel, bis sie in der Wärme der flirrenden Sonne zerfielen und vergingen.

Am nordöstlichen Ufer konnte man Torbole und Riva gut erkennen. Gegenüber, im Westen, lagen die Zitronenhaine, die dem Namen des darunterliegenden Ortes Limone Pate standen. Die terrassenförmigen Anpflanzungen waren dem steilen Berg schon vor Jahrhunderten abgerungen worden.

Kramer deutete auf einen hoch aufragenden Turm. „Siehst du die kleine Insel dort im Süden, nicht weit entfernt von Torri del Benaco?"

Pauline nickte. Peter Kramer fuhr fort: „Das ist die Isola di Trimelone, die drittgrößte Insel im Gardasee. Sie ist nur zweihundert Meter lang; auf ihr stehen die Überreste einer alten Befestigung aus dem 11. Jahrhundert.

Durch ihre strategische Lage hat die Insel schon immer als Festungsstandort gedient. Bereits im

10. Jahrhundert, also zur Zeit der ungarischen Invasion, wurde hier eine Festung errichtet, die Barbarossa später zerstörte. Die Insel war während und nach dem 1. und auch dem 2. Weltkrieg als Waffendepot benutzt worden. In den dicken Mauern waren auch noch nach dem Krieg mehrere hundert Tonnen Munition eingelagert. 1954 erschütterte eine heftige Explosion das Eiland, in deren Folge drei Tage lang ein verheerender Brand wütete. Die Insel ist noch heute Sperrgebiet. Ein Glücksfall für die Vögel, die sich hier ungestört entwickeln können." Peters Blick wurde verträumt.

„Eine alte Legende spricht davon, dass die Isola di Trimelone die Verbindung zwischen zwei Unterwasserriffen sei. Zu Fels erstarrte Brüder, die noch im Tod miteinander verbunden sein wollten." Er brach ab.

„Was du so alles weißt", bemerkte Pauline nachdenklich. Dann schwiegen sie beide und ließen die Eindrücke der phantastischen Landschaft auf sich wirken. Der leichte Dunst, der über dem Lago lag, verschleierte den Blick auf Sirmione und Peschiera, deren Silhouetten am Südrand des Sees an klaren Herbsttagen auszumachen waren.

ZUFÄLLE GIBT ES NICHT

„Aber wie hast du Mama wiedergefunden?"

Peter Kramer blickte seine Tochter nachdenklich an. „Ich war vor etwa vier Jahren dienstlich in die Botschaft nach Manila einbestellt worden. Offiziell war ich zu einer Wehrübung einberufen, weißt du das noch?"

„Ja. Ich war damals fast vier Wochen bei Opa", erinnerte sich Pauline.

Kramer nickte. „Der Job hatte etwas mit verdeckten Waffenlieferungen aus Beständen der ehemaligen NVA zu tun. Wir, also der MAD, wollte an die Hintermänner rankommen. Die ODESSA wiederum wollte wissen, wie unser Geheimdienst auf den Deal aufmerksam geworden war.

Mein damaliger Führungsoffizier beim MAD, Heinrich Virneburg, war als Militärattaché mit von der Partie. Der Handels- und Industrieminister der Philippinen, Gregory Domingo, hatte zu einem großen Empfang geladen. Der deutsche Botschafter machte uns im Laufe des Abends mit einigen Gästen bekannt. Dabei stießen wir auch auf eine Gruppe von deutschen Wirtschaftsvertretern, deren Interesse einer schlanken, schwarzhaarigen Dame in einem rückenfreien, atemberaubenden

Abendkleid galt." Er räusperte sich. „Sie unterhielten sich angeregt, alle waren sehr in das Gespräch vertieft.

Als uns der Botschafter vorstellte, drehte sich die Frau um. ‚Eva Schindler, unsere Wirtschaftsexpertin hier in Asien und ab sofort Ihre Kontaktperson', raunte mir der Botschafter ins Ohr. Ich glaube, wir waren beide in diesem absurden Moment des Wiedersehens völlig daneben und haben uns nur angestarrt.

‚Ihr kennt euch?', fragte Heinrich, der meine Überraschung bemerkte. Ich musste mich schnell fassen – niemand durfte etwas bemerken. Irgendwie habe ich es geschafft, unbeteiligt zu wirken, und konnte den Schein wahren.

‚Nicht, dass ich wüsste. Verzeihung, darf ich mich vorstellen? Peter Kramer. Das hier ist Heinrich Virneburg. Der Herr Botschafter war so freundlich, den Kontakt mit Ihnen zu vermitteln, Frau Schindler', habe ich gestammelt." Peter blickte ins Leere, ganz in der Erinnerung versunken.

„Noch am selben Abend habe ich Heinrich eingeweiht. Er wusste, dass Eva Schindler eine der versiertesten Agentinnen des BND war und in verdeckter Mission auch in der ODESSA eine maßgebliche Position einnahm. Ich war völlig überrascht – bis zu diesem Zeitpunkt hatte ich ja keinen blassen Schimmer, dass Eva die Seiten gewechselt hatte.

‚Pass bloß auf', hatte mir Heinrich geraten. Er war reichlich sauer, dass der MAD nicht in alles eingeweiht war, und fand sich wieder einmal bestätigt: Der BND war nichts als ein unorganisierter, schlampiger Haufen Zivilisten. Diese Nasen screenten ihre eigenen Leute offenkundig nicht ausreichend. Dass Eva Schindler keine andere als Karin Kramer war, davon hatte angeblich weder der BND noch der MAD auch nur den blassesten Dunst. Vielleicht war aber auch etwas anderes im Gang." Peter Kramer wandte sich ab und ging auf die Leiter zu, während er weitererzählte.

„Heinrich war damals außer sich. ‚Wegen so einer Scheiße können Köpfe rollen!' Er brauchte eine halbe Flasche Whiskey, um seinen Ärger runterzuspülen. Trotzdem war er dann am späteren Abend nüchtern genug, um ein geheimes Treffen zwischen deiner Mutter und mir zu arrangieren. Noch in der gleichen Nacht lagen wir uns in den Armen. Die Sache war nicht einfacher geworden, aber Karin wusste nun, dass ich auf der richtigen Seite stand, und auch ihr Vater versuchte sich aus den Fängen der Organisation zu befreien.

Ich war erleichtert, dass sich auch Karin für die richtige Seite entschieden hatte. Sie hat mich mit Fragen nach dir und Opa überschüttet. Deine Mutter ist wirklich eine bemerkenswerte Frau, Pauline. Wer hätte schon die Kraft, die zu verlassen, die er liebt, um sie zu schützen?"

Inzwischen waren sie an den Treppenstufen angelangt und begannen langsam hinabzusteigen, während Peter leise weitersprach.

„Währenddessen hatte mein Chef Heinrich Virneburg die Zeit genutzt und herausgefunden, dass der BND offensichtlich wirklich keine Ahnung hatte, wer sich hinter Eva Schindler verbarg. Er entschied, dieses kleine Geheimnis gut zu hüten und dem MAD damit einen gewissen strategischen Vorteil zu verschaffen.

Heinrich arrangierte, dass Karin und ich in unregelmäßigen Abständen Kontakt aufnehmen sollten, um uns auszutauschen. Bei unseren Treffen gehörte die erste Stunde immer ausschließlich uns und der Familie. Sie wollte alles wissen über dich, uns, Opa und unser Leben."

Er blieb stehen und zog eine kleine, zerknitterte und abgegriffene Fotografie aus der Gesäßtasche seiner Jeans. Pauline nahm sie so vorsichtig entgegen, als würde er ihr einen Diamanten überreichen.

„Das ist deine Mama, wie sie sieht jetzt aussieht. Heinrich entschied nach jedem Treffen, mit welchen Erkenntnissen er die jeweilige Seite füttern würde, um alle zufriedenzustellen. Wie er das gemacht hat, ist mir bis heute schleierhaft – aber es hat offenbar gut funktioniert."

DAS UNMÖGLICHE GIBT ES DOCH

Peter Kramer stand mit seiner Tochter an der Mauerbrüstung. Beide blickten auf das blaue Glitzern und das bunte Treiben der Boote zu ihren Füßen und hingen ihren Gedanken nach. Paulines Sehnsucht nach ihrer Mutter war so groß, dass es fast schmerzte. Peter spürte die Qual seiner Tochter, legte den Arm um Paulines Schulter und zog sie an sich. „Ich wollte, deine Ma wäre hier", flüsterte er. Dann schwiegen beide, fest aneinandergeschmiegt.

Pauline fühlte die Berührung als erste – federleicht und doch mit Nachdruck legten sich von hinten zwei schlanke Arme um sie. Peter sog erschrocken die Luft ein; beide fuhren herum, verteidigungsbereit.

„Endlich hab ich euch wieder!"

„Mama", flüsterte Pauline. Dann lag sie ihrer Mutter weinend in den Armen. Peter umfasste die beiden Frauen, die einander so verblüffend ähnlich sahen, und fuhr Karin zärtlich durch das schwarze, bläulich schimmernde Haar.

„Woher wusstest du ...?", fragte er leise. Sie deutete nach unten, ohne Pauline loszulassen. Im Innenhof stand, nicht zu übersehen, die mächtige Gestalt von Salvatore. Er trug einen maßgeschneiderten grauen Sommeranzug, schwenkte seinen Strohhut überschwänglich in ihre Richtung und tupfte mit einem überdimensionalen Taschentuch die Schweißperlen von seinem nahezu haarlosen Schädel.

„Als du mir von Papas Ermordung erzählt hast, habe ich sofort die Familie angerufen. Ich musste wissen, was los ist ... Ich hatte Sorge, auch ihr wärt in Gefahr."

„Das sind wir offenbar alle", nickte Peter und strich seiner Frau sanft über das Gesicht. „Es geht um die Liste deines Vaters. Die Organisation – und mit ihr die Operation Genesis – sind Geschichte, wenn sie in falsche Hände gerät. Dein Vater hat mir vor Monaten aufgetragen, mich an Salvatore zu wenden, falls ihm etwas zustößt. Offensichtlich hatte er geahnt, dass etwas im Busch ist."

„Ich habe unser Agrimexbüro in Palermo kontaktiert. Dort riet man mir, ich solle mich an Onkel Salvatore wenden. Sie wussten über Papas Tod schon Bescheid ... und klangen ziemlich besorgt. Salvatore hat mich heute herbestellt. Er hat mir aber nicht verraten, dass ich euch hier treffe, der alte Schuft", erklärte Karin und drückte ihre Familie wieder an sich.

Pauline schaute auf, ihrer Mutter direkt in die Augen. „Mama, ist das wirklich alles wahr? Die ODESSA, der BND ... du und Opa?"

„Ja, mein Schatz, natürlich ist es das. Aber die Dinge sind wesentlich komplexer, als es auf den ersten Blick scheint. Wir müssen achtsam sein! Wenn das vorbei ist, wird endlich alles gut. Wir können zusammen sein, wir drei. Wir werden eine Familie sein!" Pauline verbarg ihr Gesicht an Karins Hals und schlang die Arme um ihre Mutter, deren Blick sich in Peters versenkte. Vor ihrem Mann konnte sie die Angst nicht verbergen, die in ihren Augen stand. Lange standen sie so. Dann stiegen sie gemeinsam vom Turm, zurück in die Welt, zurück in die Gefahr. Salvatore umarmte Peter und Pauline.

EIN ZWISCHENSTOP BEI „FREUNDEN"

„Madonna, Signorina Pauline, bist du groß geworden! So lange habe ich dich nicht gesehen!" Herzlich drückte Salvatore Pauline gegen seine mächtige Brust. „Es gibt viel zu erzählen. Wir fahren zu mir, dort gibt es etwas zu essen und eine Dusche. Und dann sehen wir weiter." Auf dem Parkplatz vor dem Eingang erwartete sie ein schwarzer 7er BMW.

„Wow, was für eine geile Kiste", pfiff Pauline.

Ein Hüne von Mann in schwarzem Anzug und noch schwärzerer Sonnenbrille übernahm ihren Trolley, den Rucksack und die Leinentasche und öffnete die Türen. Er musterte Pauline scharf und streckte dann die Hand aus. Peter nickte seiner Tochter zu, woraufhin sie die Glock aus dem Hosenbund zog und unauffällig dem bulligen Fahrer übergab.

„Grazie signorina, molto gentile", sagte der Leibwächter und bedeutete Pauline einzusteigen. Nach wenigen Minuten rascher Fahrt hatten sie Salvatores Anwesen erreicht. Es lag auf einer Anhöhe und eröffnete einen grandiosen Blick auf Malcesine und den Lago.

„La mia casa – è la vostra casa", rief Salvatore seinen Gästen beim Aussteigen zu. Das Anwesen war nicht nur groß, sondern auch luxuriös, und verfügte über alle Annehmlichkeiten, die man sich nur wünschen konnte: Swimmingpool, Sauna, Fitnessraum – und eine beträchtliche Anzahl Bediensteter, die Hausherr und Gästen jeden Wunsch von den Augen ablasen.

Gleichzeitig bestand nicht der geringste Zweifel, dass sie sich in einem Hochsicherheitsareal befanden. Ausnahmslos alle, egal ob Mann oder Frau, trugen Waffen, und das Anwesen war von einer hohen Mauer mit Videoüberwachung umgeben.

„Chico zeigt euch die Zimmer. Macht es euch bequem! Ihr entschuldigt mich, ich muss telefonieren." Salvatore wies den Chauffeur mit einem Fingerschnippen an. Der nickte dienstbeflissen und bat die Gäste ins Haus. „Seid unbesorgt, ihr seid hier absolut sicher", bekräftigte Salvatore nochmals im Weggehen und wischte sich den Schweiß neuerlich vom feisten Gesicht.

Die Zimmer waren geräumig, verfügten über eigene Bäder und lagen unmittelbar an der weitläufigen Terrasse, die einen herrlichen Blick auf das Monte Baldo Massiv und den See eröffnete.

Um acht würde es Essen geben. So lange hatten sie Zeit sich zu erholen.

Pauline brannten tausend Fragen auf den Lippen, aber sie überließ ihre Eltern sich selbst und nahm eine ausgiebige Dusche. Zu ihrem Erstaunen lagen frische Klamotten für sie auf dem großen Doppelbett, die ihr wie angegossen passten. Die Uhr am Schreibtisch zeigte fünf; sie hatte also noch stundenlang Zeit, zu sich zu finden und das Chaos in ihrem Kopf zu sortieren. Sie warf sich aufs Bett – und schlief sofort ein.

„Si, loro sono qui da me. Certo padrone, ovviamente." Salvatore beendete das Telefonat. Er wusste nicht, was da vor sich ging, aber die Anweisung des Capo grande waren unmissverständlich.

Um acht trafen sie sich wie verabredet auf der Terrasse. Ein üppig gedeckter Tisch erwartete sie.

„Bitte, bitte setzt euch. Ihr seid hier zuhause", lud Salvatore seine Gäste mit überschwänglicher Geste ein. Auch für Peter und Karin schien frische Kleidung besorgt worden zu sein. Karin umarmte ihre Tochter fest. „Hübsch bist du, noch hübscher, als die Fotos das vermuten ließen."

„Bei der Mutter kein Wunder", bemerkte Salvatore galant. „Heute gibt es das Beste, was meine bescheidene Küche zu bieten hat, und morgen – morgen fahren wir nach Vicenza!"

EIN KRIMINELLER ONKEL

„Vicenza?", fragte Peter, „was tun wir da?"

„Oh Pedro, du weißt es doch! Du kennst den Ort. Der Padrone will euch sehen. Er fliegt heute noch von Sizilien hierher."

„Wir fahren zur Villa?", vergewisserte sich Peter erstaunt.

„Ja. Matteo freut sich, euch zu sehen. Er wird euch weiterhelfen können. Certamente. Und jetzt, ragazze, esst!" Er wandte sich an Karin und tätschelte ihren Arm. „Tut mir leid, das mit deinem Vater. Er war ein guter Mann, ein guter Freund. Er hätte nicht gewollt, dass du traurig bist. Er hatte ein erfolgreiches und erfülltes Leben. Ein Leben, das er sich selbst ausgesucht hat, wer kann das schon? Tod und Leben sind wie, come si dice, fratelli gemelli ... Zwillinge?" Salvatore zuckte mit den Schultern und prostete ihnen zu. Der Bardolino aus der Kellerei Lenotti schmeckte vorzüglich.

Es wurde ein angenehmer und kulinarisch außergewöhnlicher Abend, bei dem sich Peter, Karin und Pauline unbeschwert noch näherkommen konnten, als sie es – trotz der Umstände – ohnehin schon waren. Salvatore genoss die behagliche

Atmosphäre der Familie, die sich erst vor wenigen Stunden wiedergefunden hatte.

„Du bist ein wahrer Glückspilz, Peter. Deine Frau und deine Tochter sind … meravigliose!" Peter nickte. Er wusste, dass beide Frauen für ihn und die Familie durchs Feuer gehen würden.

„Onkel Salvatore, sag, was weißt du über die Liste?", fragte Karin, als sie sich mit einem Kuss von ihrem Nennonkel verabschiedete.

„Non lo so, amore. Ich weiß nicht. Ich denke, Matteo wird euch weiterhelfen … Wir werden sehen. A domani, bella!" Damit verließ er die drei Kramers.

„Ich denke, hier sind wir erstmal sicher", bemerkte Peter mit einer Kopfbewegung in Richtung der bewaffneten Wachen, die entlang der Mauer patrouillierten.

„Willst du lieber bei uns schlafen, Pauline?", fragte Karin.

„Nee, lass mal, Mam. Ich glaube, ihr habt euch einiges zu erzählen", zwinkerte Pauline ihrer Mutter zu.

„Gute Nacht, schlaf gut, Große", ihre Mutter nahm sie fest in ihre Arme. Pauline fühlte die Zuneigung und Wärme, nach der sie sich immer so sehr gesehnt hatte.

„Wirst du wieder weggehen, Ma?", fragte sie besorgt.

„Wenn, dann nur für kurze Zeit. Und auch wenn ich wieder zurück muss, ich werde dich und euch nie mehr verlassen."

„Versprochen?"

„Versprochen, ganz fest!"

Pauline war überglücklich. Sie konnte es kaum fassen. Den Großvater verloren, die Mutter gefunden ... Was würde da noch alles auf sie zukommen? Erschöpft fiel sie in einen unruhigen Schlaf.

Argentinien, Ende 1971

Die Innere O war stark wie nie zuvor. Aber nicht alle waren mit der Position zufrieden, die ihnen die Organisation zugedacht hatte. Adam Wallner, zwischenzeitlich zum Obersturmbannführer aufgestiegen und mit der Leitung der Südamerikaabteilung betraut, war einer der Ungeduldigen, die nach mehr Einfluss strebten. Er und viele seiner Altersgenossen und „Waffenbrüder" der zweiten Generation fürchteten um das Vermächtnis der Organisation. Zu viel Geschäftemacherei, zu wenig strategische Arbeit an der eigentlichen Zielsetzung, analysierten er und seine Freunde. Wallner stammte aus einer Familie hochrangiger Offiziere, die schon dem Kaiser, später der nationa-

len Sache streng verpflichtet waren. Wallners Vater war als Generalleutnant bei der Schlacht bei Kursk gefallen. Seine beiden Onkel galten seit 1944 als vermisst. Einflussreiche Freunde aus dem OKW hatten ihm und seiner Mutter im Januar 1945 die Flucht ermöglicht. Die Organisation hatte sich ihrer angenommen und Adams Potenzial schon in der Jungschar erkannt.
Seine Mutter, eine zierliche, sanfte Frau, hatte in der deutschen Schule als Lehrerin gearbeitet. 1953 verstarb sie an einer Gelbfieberinfektion. Adam war von da an, mit knapp 14, allein auf sich gestellt. Die Organisation war seine Familie geworden. Seinem zielstrebigen Charakter entsprechend erfüllte er diszipliniert und dankbar alle Pflichten und Aufgaben, die ihm übergeben wurden. Er war, wie viele andere Waisen, außerordentlich strebsam. Er wurde geprägt, geformt und fremdbestimmt. Die Erziehung der ODESSA duldete keinen Widerspruch. Und der geheime, innere Zirkel war schnell auf ihn aufmerksam geworden.
Adams Kontakte zu bolivianischen Linksputschisten hatten ihm, dem ehrgeizigen Kämpfer, neue, ungeahnte Möglichkeiten eröffnet. Er bat die Organisation, ihn von seinen Pflichten zu entbinden, um künftig in der politischen Führung der neuen Linken

Südamerikas eine tragende Rolle zu spielen.
Die ODESSA stimmte zu. Nicht ungern, denn man erhoffte sich zusätzlichen Machtgewinn, wenn einer der Ihren das politische Geschehen in Südamerika maßgeblich mitformte. Eines ihrer Mitglieder im Machtapparat einer neokommunistischen Bewegung – ein fast schon absurdes Paradoxon! So zog Adam Wallner in den Guerillakrieg.
Er ließ seine Freundin Annmarie zurück. Es fiel ihm leicht, denn es war keine Liebe, die ihn mit ihr verband, und von dem Sohn, den sie trug, wusste er nichts.
Wallner hatte der ODESSA natürlich niemals völlig den Rücken gekehrt – im Gegenteil. Er wusste nur zu gut, dass eine personell und materiell stabile und umfangreiche Basis in Südamerika der Bewegung nur nutzen konnte. In vielen Scharmützeln und auf diplomatischem Parkett hatte er ihr erheblichen politischen und wirtschaftlichen Einfluss gesichert.
Die Organisation zeigte sich erwartungsgemäß erkenntlich und beförderte ihn zum Standartenführer. Die Existenz seines Sohns allerdings enthielt man ihm vor. Seine ehemalige Geliebte Annmarie hatte sich kurz nach der Geburt, noch geschwächt von der komplizierten und langwierigen Niederkunft, mit Sumpffieber infiziert und es nicht überlebt. Die einzig

noch lebende Verwandte, eine betagte Tante, sorgte für den kleinen Fred, so gut sie konnte. Nachdem sie ein Schlaganfall erheblich geschwächt und motorisch beeinträchtigt hatte, sah sie sich gezwungen, den Jungen der Obhut der ODESSA anzuvertrauen.
Adam wähnte sich allein. Er glaubte, niemanden außer der Organisation zu haben, für die er wie ein Besessener arbeitete.

DER PALAST

Am nächsten Morgen erwartete die Kramers ein reichhaltiges Frühstück. Salvatore war ausgesprochen aufgeräumt und bot Pauline an, im nächsten Jahr die Sommerferien bei ihm zu verbringen. Als er erfuhr, dass Pauline leidenschaftlich gern segelte, klatschte er vergnügt in die Hände.

„Na, das nenn ich doch göttliche Fügung! Meine Neptun vergammelt seit Jahren an der Mole von Malcesine. Es wird höchste Zeit, dass sie von einer jugendlichen Hand wachgeküsst wird!" Aufgeregt kramte er Fotos hervor, die er Pauline zeigte. Zu sehen war ein schnittiger Zweimaster, nahezu 18 Meter lang.

„Wow, ist das ein Eumel! So etwas kann ich sicher nicht fahren!"

„Ach was", Salvatore machte eine abwehrende Handbewegung, „ein paar Unterweisungen durch meinen Segellehrer Enzo und du schipperst die alte Neptun bis zur Antarktis, wetten?"

Gegen elf Uhr brachen sie auf. Gut zweieinhalb Stunden Fahrt lagen vor ihnen. Der BMW wartete in der Auffahrt auf sie. Salvatore machte keine Anstalten einzusteigen.

„Was, kommst du gar nicht mit, Onkel Salvatore?", fragte Karin erstaunt.

„Scusate, no. Non ho tempo. Tut mir leid – meine Geschäfte erlauben es nicht. Grüße an Matteo und alles Gute für euch! Al prossimo anno – versprochen?" An Pauline gewandt sagte er: „Mein Angebot steht, Fräulein, die Neptun wartet auf dich." Salvatore herzte sie und drehte sich dann zu den Erwachsenen um. „Pass gut auf sie auf, Pedro, versprich es mir." Er gab Peter einen Klaps auf die Wange.

„Natürlich, Salvatore, ich tu mein Bestes." Der Trolley und die Tasche waren schon im Kofferraum des 7ers verschwunden. Pauline nahm auf dem Beifahrersitz Platz und überließ ihren Eltern den Fond. Sie lächelte, als sie im Rückspiegel sah, dass die beiden Händchen hielten.

„Kennt ihr Matteo?", fragte sie nach hinten.

„Kennen ist zu viel gesagt", antworteten Peter und Karin gemeinsam, weil sie nicht wussten, wer von ihnen angesprochen war.

„Ich habe eine dunkle Erinnerung an ihn, aus meiner Zeit in Italien. Ich mochte ihn als Kind sehr. Gesehen haben wir beide zusammen ihn zuletzt bei unserer Hochzeit", erzählte Karin.

„Ich hatte vor knapp fünf Jahren nochmals mit ihm Kontakt, als ich in seiner Palladio-Villa ein paar Möbel deines Großvaters arrangieren und einen kleinen Umbau organisieren musste. Bei meinem ersten Zusammentreffen mit ihm, als ich sein Bad entworfen und die Einbauarbeiten überwacht habe, habe ich ihn nur einmal kurz gesehen, aber das ist bestimmt …", Kramer überlegte.

„Zwanzig Jahre her, so ungefähr", ergänzte Karin.

„Bin schon gespannt, wie er aussieht. Der muss ja mittlerweile schon um die achtzig Jahre alt sein", bemerkte Peter Kramer.

Die Fahrt über die Autostrada, auf die sie bei Roveretto eingebogen waren, verlief problemlos. Nur auf Höhe von Verona gab es einen kleinen Stau, den der tägliche Berufsverkehr der Pendler produzierte.

Die Region Oberitalien boomte und ernährte – zum Ärger der nördlichen Provinzen – die Mitte und den Süden des Landes nahezu vollständig. Rom zweigte einen erheblichen Teil der Einnahmen aus den prosperierenden Wirtschaftszonen des Landes für die prekären Regionen ab. Viel zu viel, wie manche meinten. Auch die Organisation partizipierte am Erfolg so mancher international tätigen Firma.

Karin lächelte wissend, als sie die Industriezone Veronas passierten. Die Autostrada reihte namenhafte Firmen wie Perlen auf einer Schnur aneinander.

Bei San Bonifacio verließen sie die Autobahn und fuhren auf der gut ausgebauten Strada Statale Richtung Süden ins Herz des hügeligen Veneto. Die Landschaft erinnerte ein wenig an das vegetationsreiche Alpenvorland in Deutschland. Die Hügel etwas höher, die Sonne und das Licht mediterran und weich.

Nach einer weiteren knappen halben Stunde deutete Peter auf eine Erhebung, die sich östlich der Kleinstadt Lonigo markant in den italienischen Himmel reckte. Auf der Kuppe war inmitten eines Pinienhains eine Villa mit runder Kuppel zu erkennen: Die unverwechselbare Handschrift des begnadeten Architekten Palladio, der mit seinen Bauwerken das Antlitz der gesamten Region prägte.

„Der Palazzo Pisani", murmelte Peter.

Pauline fühlte, wie sich eine eigentümliche Spannung in ihrem Körper aufbaute. „Bin schon neugierig, was uns erwartet", sagte sie beiläufig, nach hinten gewandt.

„Was war das gestern übrigens für ein Ding mit der Pistole?", fragte Karin mit mütterlicher Schärfe in der Stimme. Pauline schwieg sicherheitshalber.

„Besondere Umstände erfordern besondere Maßnahmen", antwortete Peter und zuckte mit den Achseln.

Pauline lächelte ihn dankbar an und fügte zu ihrer Mutter gewandt eifrig hinzu: „Und überhaupt, Mama, warst das nicht du, die schon mit zwölf alle Pokale in den Kurzwaffendisziplinen rund um München abgeräumt hat? Dein bevorzugtes Gerät war die Walther PPK, hat jedenfalls Opa erzählt. Stimmt doch, oder?"

„Meine Lieblingswaffe ist nach wie vor die Walther", grinste Karin. Ihre Tochter schien sich nicht so leicht geschlagen zu geben, ein Charakterzug, der Karin gefiel. „Und übrigens – ich bin auch gespannt, was Zio Matteo von uns will."

Am Fuß der Anhöhe passierten sie einen Kontrollposten. Die Wache schien ihren Fahrer zu kennen und öffnete die Zufahrtsschranke. Wie sie es schon von Salvatores Villa kannten, war auch dieses Gebäude und der bestimmt sechs Hektar große Garten mit einem Zaun, elektronischen Systemen und bewaffneten Patrouillen gesichert.

Der Wagen wand sich über den Serpentinenweg zur Spitze des kleinen Hügels, auf dem die Villa erhaben wie eine Krone thronte. Eine fünfstufige Treppe führte zu einem flächigen Absatz, an dessen Kopfseite eine überdimensionale, mit Eisen beschlagene Eingangstüre den Weg ins Innere des Hauses versperrte.

Der BMW stoppte. Ihr Chauffeur hob die Gepäckstücke aus dem Kofferraum. „Accommodate vi , buona fortuna! Die Haustüre ist offen", mit breitem Grinsen drückte er Pauline die Glock wieder in die Hand. „Wie sagt man? Entspannt und gesichert. Die werden Sie hier nicht brauchen, bella signorina. Sie genießen die Gastfreundschaft von Freunden. Spero a presto sul lago!"

„Mal sehen", antwortete Pauline. Ob sie Salvatores freundliche Einladung jemals wahrnehmen würde oder dürfte, konnte sie nicht abschätzen. Sie umfasste die Waffe, zögerte kurz und steckte sie dann in ihren Hosenbund.

„Mein lieber Scholli, das ist aber mal ein Vertrauensbeweis!"

Karin zuckte mit den Schultern „Oder ein Zeichen der Stärke unseres Gastgebers. Matteo ist ein wenig älter als Theo. Selbst wenn ihm etwas zustieße – wir würden hier nicht mehr lebend rauskommen."

Peter nickte. „Kommt, lasst uns reingehen. Hier draußen ist es kaum auszuhalten vor Hitze."

Die spätsommerliche Sonne stand hoch am Himmel und demonstrierte ihre unbändige Kraft. Kaum hatten sie aber die Halle betreten, wurden sie von einer angenehmen Kühle umhüllt. Palladio war ein Meister der natürlichen Temperierung. Er nutzte eine simple Be- und Entlüftungstechnik, die er den antiken Baumeistern Griechenlands und Roms abgeschaut hatte. Peter wies auf verschiedene Öffnungen in den Wänden und am Boden, die unauffällig von zahlreichen Mosaiken kaschiert wurden.

„Ganz schön schlau", nickte Pauline respektvoll, als sie die Hand über eine der Öffnungen hielt, „und echt angenehm." Sie genoss den kühlen Luftzug.

„Ja und im Gegensatz zu unseren Klimaanlagen kriegst du davon auch keine Erkältung. Warum das so ist, weiß noch immer niemand ganz genau", antwortete Peter. „Kommt, gehen wir ins Vestibül." Er erinnerte sich gut an den Aufbau des Hauses und ging voran. Am Ende der ovalen Halle, in der sie stehenblieben, führte eine imposante Treppe hinauf in eine Galerie im Obergeschoss, von der wiederum – wie im Parterre auch – mehrere Zimmer abzweigten.

Erst jetzt bemerkte Pauline, dass sich in der Kuppelspitze eine kreisrunde Öffnung befand. Sie deutete nach oben.

„Ja, ich weiß. Es ist eine Hommage an das Pantheon in Rom", erklärte Peter Kramer. „Bei Regen läuft das Wasser hier ab." Er deutete auf den Boden. In der Raummitte waren im kunstvoll gestalteten und wetterbeständigen Terrazo-Mosaik Ablaufroste zu erkennen. Auch hier war ein angenehmer Luftzug spürbar.

„Die Villa sitzt sozusagen auf kleinen Säulen. Das ermöglicht nicht nur den unkomplizierten Ablauf von Regenwasser aus dem Foyer, sondern sorgt auch für einen ständigen Luftaustausch von unten nach oben. Dieses System durch die nachträglich notwendigen Einbauten von Ver- und Entsorgungsleitungen nicht außer Funktion zu setzen, war für mich beim Umbau damals eine echte Herausforderung", erklärte Peter.

„Scheinbar hast du das alles gut hingekriegt, Paps. Kompliment."

NICHT JEDER MORD IST TÖDLICH

Kramer öffnete eine knapp drei Meter hohe, doppelflügelige Tür an der linken Seite der Halle. Sie war ebenso schlicht und elegant wie die anderen und verströmte eine Aura aristokratischen Selfunderstatements. Einfach, erlesen, zeitlos.

Der Raum, den sie betraten, war lichtdurchflutet. In das sanfte Rund der Außenmauern waren große Glastüren eingelassen, die auf eine riesige Außenterrasse hinausführten. Dort befand sich unter einem Sonnensegel eine bequeme Loungegarnitur, die sich um einen Tisch gruppierte, auf dem Getränke und frische Früchte arrangiert waren.

An den beiden Seitenwänden führten baugleiche Doppelflügeltüren in die angrenzenden Räume. Ein Bücherregal an der Eingangsseite des Vestibüls fasste unzählige Bände, viele von ihnen in kostbares, altes Leder gebunden.

„Das müssen ja Tausende sein", staunte Pauline und sog den Geruch von Leder und altem Pergament ein. Sie liebte Bücher. Das Mobiliar war spärlich, aber wertvoll. Es stammte unverkennbar aus dem Atelier von Theo Mattisek.

Ein großer Schreibtisch mit passendem Ledersessel, zwei bequeme Besucherstühle, eine Ledercouch, eine Stehlampe, ein kleiner Beistelltisch und zwei erlesene Seidenteppiche spiegelten den eleganten Stil des Besitzers wider.

Peter steuerte die Sitzgruppe draußen im Schatten der Sonnensegel an. Auf dem Beistelltisch waren Getränke und Obst arrangiert. „Da sollen wir wohl warten." Karin und Pauline folgten ihm. Eine leichte Brise und der Schatten des Leinensonnenschutzes sorgten für angenehme Temperaturen.

Peter schenkte von der bereitgestellten, eisgekühlten Limonade in drei hohe Gläser. Pauline biss herzhaft in einen Apfel, das Fruchtwasser troff von ihrem Mund. „Hier könnte ich alt werden", mampfte sie und ließ ihren Blick zufrieden über den üppigen Garten schweifen, der verführerisch duftete.

„Willkommen, ragazzi!" Aus dem von einer Ligusterhecke geformten Torbogen, der in den Rosengarten führte, trat ein eleganter, mittelgroßer Mann auf sie zu. Er trug eine beige Sommerhose und ein weißes Hemd, seine Füße steckten unbestrumpft in teuren Ledermokassins. In der Hand hielt er zwei rote Rosen.

„Zio Matteo!", Karin war aufgesprungen und lief Cazzano entgegen. „Endlich, nach so langer Zeit! Come stai?" Sie küsste Matteo, der sie schelmisch aus seinen stahlblauen Augen musterte, überschwänglich auf die Wangen. Obwohl sie ihn lange nicht gesehen hatte, empfand sie eine tiefe Vertrautheit diesem Mann gegenüber, der sein Leben ihrer Mutter zu verdanken hatte.

„Du bist immer noch eine Schönheit – come tua mama! Gott hab sie selig. Hier, per te!" Er überreichte Karin eine der Rosen. „Meine neueste Kreation – la bella donna. Die Rosenzucht ist ein kleines Hobby von mir."

Er hakte Karin unter und trat mit ihr zu den anderen. „Peter, schön, Sie zu sehen! Und du, junges Fräulein, bist Paulchen?"

„Pauline" korrigierte sie schlagfertig, „e un grande honore per me, Matteo."

„Du kannst zio Matteo zu mir sagen, wie deine Mama, wenn du willst." Er küsste sie auf die Wangen und reichte ihr die zweite Rose. „Du bist ein Teil meiner Familie und, dio mio, deiner Großmutter Luise und deiner Mama wie aus dem Gesicht geschnitten."

Sein Handy vibrierte. Ein kurzer Blick auf die Nachricht genügte. Er ging zur Lobby und bat darum, eine Verbindung mit der Nummer, die er auf einen Zettel notierte und dem Portier zuschob, herzustellen und sie ihm auf das Gästetelefon zu legen.

„Certo Signore, subito", dienerte der Angestellte.

Er begab sich hinüber zu den Zellen und wartete nur kurz. Der Portier nickte ihm zu, er hob ab. Ansatzlos meldete sich eine Stimme: „Brenner, überwachen Sie ihn lückenlos. Wir sind jetzt sicher, er ist der Verräter, wie Sie vermutet hatten. Wenn Sie eine Nachricht mit der Zahlenfolge 696 erhalten, rufen Sie ihn an und melden Sie, dass die Liste auf dem Weg zu ihm ist. Alles weitere wie besprochen." Er legte auf.

Zufrieden schmunzelnd fuhr sich der Mann, dessen Nummer gerade von einem Hotel am Gardasee angerufen worden war, über sein markantes Kinn. Der rote Rubinring, den er am linken Mittelfinger trug, leuchtete unheimlich im Licht der Kerzen, die die abendliche Festtafel schmückten.

„Es entwickelt sich prächtig", nickte er seinem Gegenüber zu.

„Zuerst einmal möchte ich euch danken, dass Ihr meiner Einladung so schnell gefolgt seid. Ich habe euch aus einem bestimmten Grund hierher gebeten, denn ich muss mich bei euch entschuldigen – aus tiefstem Herzen." Cazzano setzte sich mit einer ausladenden Geste und goss sich von der hausgemachten Limonade ein. „Ah, wirklich erfrischend, findet ihr nicht?", fragte er, während er das Glas absetzte.

Pauline platzte heraus: „Zio Matteo, was ist mit der Liste? So viel Schreckliches ist passiert, Opa ist tot – und das alles wegen irgendeinem Schriftstück?!"

„Temperamentvoll wie du, was, Karin?" Matteo grinste breit. „Die Liste ist nicht so wichtig; dazu später. Viel wichtiger ist etwas anderes."

Er saß mit dem Rücken zum Haus. Bedeutungsvoll hob er seinen rechten Arm und winkte. Die Flügeltür öffnete sich. Ein schlanker, sportlicher Mann in grauer Hose, weißem Hemd und weißem Strohhut trat heraus. Seinen rechten Arm trug er in einer Schlinge.

„Opa!", schrie Pauline auf, rannte dem Mann ungestüm entgegen, stolperte und fiel im in die Arme. „Opa, du lebst!" Tränen liefen über ihre Wangen. Karin starrte fassungslos auf ihren Vater, zu keiner Bewegung fähig.

„Theo?" Auch Peter traute seinen Augen nicht. Theo Mattisek kam mit festen Schritten auf sie zu,

Pauline noch immer fest umfasst, und umarmte seine Tochter, deren Kinn verdächtig zitterte.

„Scusate ancora, per favore, aber ... es ging nicht anders." Matteo deutete schuldbewusst auf Theos Arm. „Es musste echt aussehen."

„Ich verstehe nicht ..." Peter war erschüttert.

„Nun, eigentlich ist es ganz einfach", erklärte Theo, während er Platz nahm und Pauline neben sich zog. „Hans hat irgendwie rausbekommen, dass ich ... sagen wir, dass ich mit manchen Mitgliedern und Vorgehensweisen unserer Organisation nicht mehr ganz einverstanden war. Das reichte ihm offenkundig, um mich als Verräter anzuschwärzen. Naja, die Vermutung, dass ich der Gegenseite Informationen zuspielen könnte, war zumindest nicht ganz aus der Luft gegriffen. Er hatte aber keine Ahnung, ob ich tatsächlich schon Kontakt gehabt hatte ... Die Organisation im Übrigen auch nicht."

Peter und Karin verstanden. Das hätte auch niemand aus diesem eisenhart sturen Hund von Mattisek herausgebracht.

Matteo hieb seinem Freund kräftig auf die Schulter, der ob des Schlages leicht zusammenzuckte.

„Scusa, amico. Ich habe vergessen", entschuldigte sich Cazzano grinsend.

„Jedenfalls ...", fuhr Theo fort, „Hans hat, wie es seinem Pflichtgefühl entspricht, Meldung erstattet. Der Feldmarschall hat daraufhin, völlig konsequent, meine Liquidation angeordnet. Weil Hans aber wusste, dass ich bestimmte Notizen angefertigt hatte, hat er Matteo verständigt, um ihn zu warnen – in alter familiärer Verbundenheit sozusagen. Matteos Unternehmen sind, sagen wir mal, nach wie vor eine Hauptschlagader unseres Europageschäfts, und das hätte womöglich gefährdet sein können." Theo schwieg und blickte zu Cazzano hinüber.

„Als ich erfuhr, dass man Theo, sagen wir *stilllegen* wollte, waren mir drei Dinge klar", übernahm Cazzano. „Erstens: Theo würde nie etwas preisgeben, das die Grundidee der ODESSA in Frage stellt. Dafür ist er zu ...", er stockte. „Zu konservativ?", fragte Karin gespannt.

„Wenn du so willst. Oder zu sehr alten Grundsätzen verpflichtet", kommentierte Theo.

„Zweitens war und bin ich überzeugt, dass Theo kein Verräter ist", fuhr Matteo fort. „Und drittens stand und stehe ich tief in der Schuld eurer Familie. Ohne Theos Frau Luise wäre ich nicht mehr am Leben. Deine Mama", er legte seine braungebrannte Hand auf Karins Knie, „hat mir das Leben gerettet und ihres dafür gegeben. Ich konnte auf keinen Fall zulassen, dass Theo etwas geschieht – das war ich ihr schuldig."

„Mama hat dir das Leben gerettet? Ich dachte, sie hatte einen Autounfall!", fragte Karin und blickte verwirrt von Matteo zu ihrem Vater. „Papa, ich glaub, du bist mir eine Erklärung schuldig!"

„Später – in aller Ruhe", erwiderte Theo gelassen.

„Außerdem", fuhr Matteo ungerührt fort, „wer wusste schon, was diese Liste, deren Versteck doch nur Theo kennt, an Überraschungen für meine Familie hätte bereithalten können. Sie konnte irgendwann auftauchen ..." Er zwinkerte verschwörerisch. „Ich musste mich also einmischen. Ich habe mich dann in gewissen Kreisen, derer sich die Organisation in solchen Fällen gerne bedient, umgehört und erfahren, dass zwei Kettenhunde beauftragt waren Theo auszuschalten."

Sein Blick wurde hart. „Diese Typen tun alles widerspruchslos. Auch wenn es gegen die eigenen Leute geht. Ort und Zeit des geplanten Anschlages auszukundschaften war nicht schwer, der Rest Routine. Meine Leute hingen wie Kletten an ihnen. Ein kleiner, arrangierter Autounfall vereitelte ihren Plan. Dann musste es schnell gehen, damit Hans, der die Liquidation überwachen sollte, keinen Verdacht schöpfte. Gottlob sind meine

Leute flexibel und spontan bei der Planung ihrer Einsätze. Wir konnten ja nichts vorbereiten. Aber Dank deines eisernen Grundsatzes, bei jedem Segeltörn unseren Freund Massimo zu besuchen, hatten wir ausreichend Vorlauf", grinste Matteo und legte seinen Arm auf Theos Schulter.

„Massimo ist Teil unserer Gemeinschaft und hat uns darüber informiert, wann ihr kommen würdet. Für unsere Spezialisten war ein Manöver vom Wasser aus am unkompliziertesten. Enzo ist ein guter Schütze. Als Theo von Bord gerissen wurde, haben sie ihm sofort Sauerstoff verpasst und ihn mit einer Tauchrakete zu einem Boot gebracht, das nur wenige Meter entfernt in Ufernähe wartete.

Die Aufregung war so groß, dass niemand bemerkte, wie sie Theo an Bord gehievt haben. Den Pfeil hat ihm unser Arzt noch an Ort und Stelle gezogen. Drei Stunden später wurde er von einem Heli hier abgeliefert und sofort behandelt – meinem alten Freund Dottore Remaro war die Versorgung der Verletzung eine Ehre. Übrigens ist es nur ein kleiner Kratzer", fügte er an die Frauen gewandt hinzu.

„Kleiner Kratzer", Theo hob drohend die Hand, als wollte er Matteo schlagen. „Ich hätte hin sein können!"

„No, hättest du nicht. Es sei denn, Enzo hätte das gewollt."

„Das ist doch eigentlich gut", ein kleines Lächeln stahl sich auf Karins Gesicht, „für die ODESSA und viele andere bist du jetzt tot."

„Mi dispiace", unterbrach Cazzano. „Peccato no. Für viele andere é possibile, aber nicht für die Organisation. Als ihr in Italien angekommen seid und damit eure ganze Familie unter meinem Schutz stand, habe ich den Maresciallo persönlich informiert. Es war notwendig. Auch ich habe Verpflichtungen, ihr versteht? Er hat mich übrigens auch von sich aus kontaktet, als Theo vom Boot geschossen worden war. Er war ziemlich beunruhigt. Klar, es waren ja nicht seine Männer, die für das Attentat verantwortlich waren." Er grinste. „Wenn der Feldmarschall etwas hasst, dann ist es das: die Dinge nicht unter Kontrolle zu haben. Es war also gut, quasi mit halboffenen Karten zu spielen."

SACKGASSEN GIBT ES NICHT

„Aber das ist unser Todesurteil", Karins Stimme überschlug sich hysterisch.

Matteo schüttelte den Kopf. „Tranquilla, amore. Ich habe ihnen gesagt, ich werde nicht zulassen, dass euch etwas geschieht, und dass ich fest daran glaube, dass Theo der Organisation nach wie vor verpflichtet ist. Ich denke, der Maresciallo hat sich überzeugen lassen. Ihm war Reichmann schon lange suspekt. Er machte da so eine Andeutung, dass zwischen Reichmann und meinem Freund Theo eine alte Rechnung offen sei ... Was ist das für eine Geschichte, Theo?"

„Eine alte und traurige", winkte der ab. „Etwas für kalte Novembertage und schweren Rotwein."

„Na, die Geschichten, die es zu erzählen gibt, werden für eine ganze Weile offenbar abendfüllend werden", warf Karin energisch ein.

„Ich habe unsere Freunde selbstredend auch über die jüngsten Ereignisse am Lago informiert und nochmals betont, dass Theo weiterhin vor allem einer gewissen Operation zum Erfolg verhelfen möchte", fuhr Matteo fort.

„Immer noch Genesis?" fragte Peter, der sich wunderte, dass den italienischen Freunden offenbar nichts entging.

„Vero, vero", Cazzano nickte. „Du musst das nicht verstehen, Peter. Ich tue es auch nicht – aber so ist es. Ich habe lange mit Theo gesprochen, ehe ich mit dem Maresciallo telefoniert habe, und letztlich waren wir uns einig. Ich war verblüfft, wie gelassen der Führer reagierte. Ich hatte fast das Gefühl, er wäre erleichtert." Er machte eine bedeutungsvolle Pause und schloss zufrieden: „Was soll ich also sagen? Die ODESSA ist bereit, Theo in den Ruhestand zu verabschieden."

Jetzt waren die Kramers verblüfft.

„Was nicht so einfach ist", fuhr Theo fort. „Der MAD erwartet bestimmte Informationen von mir. Anders wird er meine wundersame Auferstehung von den Toten ohne intensive Untersuchung nicht akzeptieren. Und ehe ihr fragt – meine italienischen Freunde sind eingeweiht. Sie wissen, dass ich mit der anderen Seite kollaboriere, ohne denen zu schaden, denen ich mich verpflichtet fühle."

Matteo nickte grinsend. „Tun wir das nicht alle? Gut und Böse sind in der Welt, die wir gemeinsam geschaffen haben, doch Geschwister, oder?"

„Kurz gesagt", fuhr Theo ungerührt fort, „die Organisation will die Liste als Faustpfand für meine schadlose Pensionierung, und den MAD muss ich auch bedienen. Ecco la! Der MAD erhält diesen Stick." Er kramte einen USB-Datenspeicher aus seiner Jackentasche. „Darauf ist der strategische Plan Genesis abgelegt."

„Aber ...", wollte Peter unterbrechen. Er kam nicht zu Wort.

„Der strategische Plan, wie im Rahmen des Mauerfalls die Operation Genesis ein neues Deutschland erschaffen hätte. Darin enthalten Namen von hochrangigen Militärs, Richtern und Diplomaten, die noch heute unbehelligt Dienst bei verschiedenen Stellen der Bundespolizei, Bundeswehr und Justiz tun. Die, deren Namen in der Datei gelistet sind, sind uns schon lange ein Dorn im Auge. Ihr versteht?

Warum die Umsetzung der Operation damals 1992 gestoppt wurde, weiß ich bis heute nicht. An dem Erfolg der Operation hätte ich nicht den geringsten Zweifel gehabt", erklärte Theo. „Als Dreingabe sind zusätzlich die Namen einiger Personen gespeichert, die, ich würde sagen, den Kodex unseres Kartells nicht verstanden haben – oder für die wir nur Mittel zum Zweck sind."

„Wer übergibt den Stick?", fragte Karin.

„Niemand von euch", unterbrach Cazzano, „ihr bleibt hier, bis die Sache ausgestanden ist, capito?"

Sie nickten zustimmend.

„Fühlt euch wie zu Hause. Wir essen um halb acht. Hinter dem Rosengarten", er deutete auf den Ligusterbogen, "ist der Pool. Badesachen und Getränke findet ihr ebenfalls dort. Ich muss euch Theo nochmals entführen. Wir sehen uns später!" Matteo klopfte Theo freundschaftlich auf die Schulter und verschwand mit ihm im Haus.

Sein Handy summte drängend. Das Display zeigte 696. Es war soweit.

Mit einem Lächeln auf den Lippen wählte er die Nummer, während er an dem Espresso nippte, den ihm der Ober gerade serviert hatte. Der Blick von der Seeterrasse hinüber nach Limone beflügelte ihn. Das Finale konnte beginnen.

Der Anruf wurde angenommen. "Die Liste. Wir haben sie. Morgen Mittag? Ja, das ist möglich. In München? Airport Hilton? Okay, bis dann." Er zahlte, schulterte seinen Rucksack und bestieg den weißen Sportwagen, der mit einem durchdringenden Röhren zum Leben erwachte. *Es wird noch ein langer Tag werden, dachte er. Hoffentlich auch ein erfolgreicher.*

Während der Fahrt instruierte er seine Männer. "Richterlicher Beschluss? Scheiß drauf! Gefahr in Verzug, lasst ihm keine Luft zum Atmen. Ich will wissen, wonach es riecht, wenn er furzt, verstanden? Überwacht sein Telefon, auch das abhörsichere, klar?" Er legte auf und drehte den Wählknopf des Radiosenders. Als er bei RTL und „Dust in the wind" angekommen war, ließ er los, lehnte sich zurück und entspannte sich. Den USB-Stick würde er im Schließfach des Airport finden, wie ihm mitgeteilt worden war. Er zweifelte keinen Augenblick daran, dass er sich darauf verlassen konnte.

DAS GEHEIMNIS DER SCHÖPFUNG

Theo prostete Matteo im Vestibül zu. „Ich hoffe, es geht gut, mein Freund."

„Wird es sicher", beruhigte ihn Cazzano. „Aber jetzt zu unserem Teil der Abmachung. Wo ist sie?"

„Sie ist dort, wo ich alles und jeden lassen würde, was mir je lieb und teuer war."

Matteo überlegte grübelnd. „Come …?"

„Na, bei dir."

„Wie meinst Du das, bei mir?"

Theo stand auf und bedeutete Matteo, ihm zu folgen. Sie betraten das Badezimmer im ersten Stock, das Peter entworfen und eingerichtet hatte. Das Mosaik am Boden war eine originalgetreue Kopie von Leonardos Meisterwerk „Die Schöpfung".

„Ecco la – il genesis." Theo deutete auf die sich berührenden Fingerspitzen von Gottvater und Adam. Er kniete sich auf den Boden und drückte in rascher Folge auf sieben verschiedene Mosaikteile, die nur nachgaben, wenn die vorprogrammierte Reihenfolge strikt beachtet wurde. Zuvor hatte Theo den Selbstzerstörungsmechanismus, der zur Sicherung verbaut war, mittels eines komplexen SMS-Codes außer Kraft gesetzt.

„Und wenn du einen Schlaganfall gehabt hättest?", fragte Matteo.

„Dann wäre mir eh alles egal gewesen", gab Theo achselzuckend zur Antwort. Nachdem er das letzte Mosaik berührt hatte, hob sich ein vier Quadratzentimeter großes Stück des Bodenbelags zwischen den beiden Fingern der abgebildeten Figuren aus dem Boden. In dem Hohlraum, den der Kubus aufwies, lag eine Dose aus feuersicherem Vanadium mit einem Durchmesser von knapp zwei Zentimetern und einer Stärke von rund einem Zentimeter.

Behutsam entnahm Theo das Metallbehältnis und öffnete den Schraubverschluss. Die Dose war mit Schaumstoff ausgekleidet und barg eine Mikrospeicherkarte.

„Prego, il mio regalo per te", sagte Theo und reichte seinem Freund die Schatulle. Matteo nahm das Speichermedium an sich und blickte Theo in die Augen.

„Du bist wirklich ein aufrechter Deutscher, Theo." Sie verließen das Badezimmer und kehrten zurück ins Vestibül.

„Die Daten sind verschlüsselt?", erkundigte sich Matteo.

„Sicher. Den Algorithmus zur Dechiffrierung haben nur die Organisation und ich", antwortete Theo.

Cazzano grinste breit. Er steckte die Speicherkarte in den Rechner und startete ein offenbar vorbereitetes Programm. Der Capo grande starrte wie gebannt auf das Display: „Identico – 100 %", leuchtete in grüner Schrift auf.

Er lächelte zufrieden, während er eine Videosequenz startete und den Bildschirm in Richtung des fragend dreinblickenden Theos drehte. Die Aufzeichnung zeigte, wie Theo vor Jahren die Vanadiumschatulle in der Sicherungseinrichtung des halbfertigen Badezimmers verbarg.

„Die Augen des Universums sehen alles, sogar die Schöpfung selbst", bemerkte der Italiener schelmisch. „Ich hatte längst eine Kopie der Liste. Wie sagt ihr so schön? Trau, schau, wem. Aber das hier", er tippte auf die Speicherkarte, „ist tatsächlich das Original."

Die Decke im Bad hatte offensichtlich wesentlich mehr als nur die Sternbilder zu bieten.

„Es ist immer gut, seine Augen auf gewisse Orte zu lenken, meinst du nicht?" Matteo gab Theo einen freundschaftlichen Klaps. Der schüttelte nur den Kopf und grinste. „Auf Badezimmer zum Beispiel?"

Sie übertrugen die Daten über eine von der Inneren O betriebene Satellitenanlage. Matteo schrieb eine Begleitnachricht: *Ware ist sauber, vollständig und unterwegs.*

Der Empfänger quittierte er die sms mit dem Mittelfinger der linken Hand; der Rubin lachte funkelnd. Die Daten waren bereits auf seinem Rechner. Der Maresciallo zog sie auf einen USB-Stick und zerstörte mit dem vorinstallierten Programm die Festplatte.

„Hermann, du weißt, was zu tun ist." Sein persönlicher Adjutant nahm den Befehl mit einem Hackenschlag entgegen und salutierte: „Jawohl!"

Der Laptop wanderte in den Schredder. Den Schrott warf der Uniformierte in den überdimensionalen Feuerschlucker des BHKW, das die Plantage mit Strom versorgte. Der Ofen hatte schon so manches gefressen, was ihnen gefährlich werden konnte.

EIN ENDE MIT ANFANG

Theo, Karin und Peter saßen im privaten Garten des Restaurants. Laura und Massimo hatten ihnen ein grandioses Festmahl bereitet. Am Steg lag ein funkelnagelneuer Zweimaster, mit dem Theo sie überrascht hatte. *Genesis II* war auf den Bug geprägt.

„Aber Opa, jetzt hab ich noch nicht mal die *Genesis I* richtig beherrscht, und jetzt setzt du mir so einen Pott vor die Nase." Pauline verdrehte scherzhaft die Augen.

„Das wirst du in den 14 Tagen am Gardasee schneller raushaben, als ich bis drei zählen kann", grinste Theo.

„Echt? Mama, Papa, darf ich wirklich zu Zio Salvatore?"

Peter und Karin Kramer sahen sich an. „Nur, wenn dein Nonno dich begleitet. Er kann seinen Ausflug nach Italien gut nutzen, um sich dort runderneuern zu lassen. Wird ihm guttun – und uns auch. Wir wollen ja nicht, dass du in schlechte Gesellschaft gerätst."

„Dafür werde ich schon sorgen, da dürft ihr sicher sein", bemerkte Theo.

„Genau das befürchten wir", seufzte Peter.

Er war pünktlich am Hilton Airport angekommen. Auf dem Weg vom Parkhaus zum Treffpunkt hatte er die Aufnahme, die ihm seine Mitarbeiter vor kaum dreißig Minuten übersandt hatten, immer wieder ungläubig abgehört. Der USB-Stick lag natürlich am verabredeten Ort. Ein Hubschrauber und Matteos Leibwächter hatten für den rechtzeitigen Transfer gesorgt.

Seine Verabredung saß lässig winkend an der Bar und grinste ihn an.

„Haben Sie ein Zimmer?", fragte er sein Gegenüber knapp.

„Logisch. Ich fliege erst morgen weiter nach Berlin."

„Dann sollten wir uns dort unterhalten."

Wortlos bestiegen sie den Aufzug.

„Haben sie die Liste?"

Er nickte und zeigte ihm den Speicherstick.

Im Zimmer angekommen, goss er sich sichtlich zufrieden einen Whiskey ein, nahm einen kräftigen Schluck und bot auch dem anderen ein Glas an. Sein Gast lehnte ab.

„Gute Arbeit! Geben Sie her."

Der Angesprochene musterte ihn voller Abscheu. Er zog sein Handy aus der Jackentasche und rief die Sprachdatei auf. Das Telefonat war am Tag zuvor kurz vor 17 Uhr abgefangen worden.

„Sergej, ich bekomme das Material. Die Liste ist übermorgen Abend bei Ihnen. Fünf Millionen, wie abgemacht. Zweieinhalb als Anzahlung bis heute 22 Uhr", hörte er seine eigene Stimme. Der Whiskey brannte in ihm wie Höllenfeuer.

Sein junger Gast warf ihm mit einem verächtlichen Ausdruck den Kontoauszug einer Schweizer Bank ins Gesicht. Er wies eine Einzahlung von 2,5 Millionen Schweizer Franken auf. Die Buchung datierte vom Vortag, 20:43 Uhr.

Heinrich Virneburg wurde aschfahl. Das Glas entglitt seiner zitternden Hand.

„Woher ...?", stammelte er.

„Völlig egal, du mieser Verräter. Du bist Oberst, leider! Deshalb muss ich dir die Wahl lassen", schnaubte Brenner verächtlich und legte die mit Schalldämpfer versehene Pistole aufs Bett. „Du hast fünf Minuten – und eine Kugel." Brenner verließ wortlos das Zimmer. Es dauerte nur Sekunden, bis er ein dumpfes Ploppen hörte.

Oberst Heinrich Virneburg war tot. Eindeutig Selbstmord. Er hatte sich mit einer nichtregistrierten Waffe im Airport Hilton das Hirn aus dem

Schädel geblasen. Professionell hatte er dabei den Lauf in den Mund gesteckt, um auch ganz sicherzugehen. Statt eines Abschiedsbriefes fand die Polizei einen Datenstick und eine SIM-Karte neben dem Toten.

Die Hacker des BND hatten die Dateien und die Tonaufzeichnung bald geknackt. Den Bundesbehörden gelang aufgrund des Materials ein empfindlicher Schlag gegen das organisierte Verbrechen. Hochrangige Beamte wurden suspendiert und unter Anklage gestellt.

„Der hatte Schwein, dass ihn die Organisation nicht zu fassen bekam. Ganz oben auf der gehackten Liste steht der saubere Herr Oberst selbst. Diese Nazisau hat uns jahrelang verarscht", schnaubte Kriminalkommissar Laubmeier verächtlich und klappte seine vorläufige Ermittlungsakte zu.

Als Sergej Lukov am nächsten Morgen neben weiteren 25 Männern und Frauen in Berlin, Zürich und anderen Orten Europas verhaftet wurde, war das in den Augen der Behörden ein herausragender Erfolg im Kampf gegen das internationale Verbrechen und die ODESSA.

Nach den abschließenden Auswertungen von MAD und BND war die Operation Genesis in den Jahren '91 bis '93 gescheitert. Die ODESSA war, wenn auch nicht Geschichte, zumindest ab sofort als wenig gefährlich einzustufen.

EINE GROSSE FAMILIE MIT UNBEKANNTEN

„Ah, mein junger Freund, schön, Sie zu sehen!", begrüßte Theo den neu angekommenen Gast. Jakob Brenner trat an den Tisch.

„Zu freundlich mich einzuladen, danke."

„Aber aber, nicht so bescheiden. Was wäre ohne Sie gewesen?", schmeichelte Theo. „Lassen Sie sich die Antipasti schmecken. Ich glaube, ich bin hier nicht der einzige, der sich über Ihre Anwesenheit freut."

Pauline wurde augenblicklich rot. „Opa, du bist wirklich unmöglich."

„Ich habe mir übrigens erlaubt, Ihre BND Akte zu … korrigieren", bemerkte Brenner mit einem Blick auf Karin. „Dort ist nun seit jeher bekannt, dass Karin Kramer respektive Eva Schindler ein und dieselbe Person sind. Eine loyale und unentbehrliche Mitarbeiterin im Kampf gegen das organisierte Verbrechen", ergänzte er augenzwinkernd.

„Wie haben Sie das geschafft?", fragte Karin überrascht.

„Tja", mit einem Achselzucken setzte sich Jakob grinsend neben Pauline. „Die Organisation ist eben eine große Familie."

„Wie wahr!", bekräftigte Theo mit tiefsinnigem Lächeln. „Auf diese Tatsache trinken wir!"

Palermo, wenige Tage später

Adam Wallner, Paul Schrader und Theo Mattisek saßen im Hinterzimmer des großen, neuen Geschäftsgebäudes, das die Argimex SLR vor knapp drei Jahren gebaut hatte. Der Raum bot jede Sicherheit, die die moderne Technik zu bieten hatte.

Auf dem Tisch, um den vier Ledersessel gruppiert waren, standen vier Gläser Rotwein. An der Wand hing die rote Fahne mit den SS-Runen, die sie einst als Gruppenführer bei ihrer Vereidigung hatten halten dürfen.

„Wir trinken auf Erich", Adam erhob sich, das Glas in der Hand. Die anderen beiden folgten seinem Beispiel.

Adam Wallner nippte an seinem Cabernet Sauvignon. Die Farbe des erlesenen Weins leuchtete durch den perfekten Schliff des Glases in intensivem Rot. Rot wie der Rubin am Mittelfinger des Feldmarschalls. Rot wie das Blut, das an ihren Händen klebte.

Argentinien, 1999

*Adam Wallner stand in militärisch strammer Haltung im abgedunkelten Schlafzimmer der Villa. Erich Kamerlander und Paul Schrader unterhielten sich in der Fensternische mit gedämpften Stimmen. Die großen Holzlamellenläden vor den Fenstertüren ließen die heiße argentinische Sonne nur dosiert durch die Ritzen ins Innere des großen Raums. Viktor Mattisek saß, von Kissen gestützt, in dem großen Himmelbett, das das Zimmer beherrschte. Wie alle anderen Möbel war auch das Bett in der Werkstatt seines Sohnes Theo entstanden. Er hob seine Hand. Auf ein Nicken des Arztes kam Wallner näher und grüßte den Sterbenden mit Hackenschlag.
„Lass den Scheiß, Adam. Mit mir geht's zu Ende. Ich habe mein Leben gelebt und versucht, meinen Auftrag zu erfüllen. Setz dich! Schön, dass du gekommen bist." Viktor klopfte auf die Matratze. Obwohl vom Fieber gezeichnet, sah man dem greisen Führer ihrer Organisation an, dass er auch in dieser letzten*

Schlacht zu kämpfen wusste.

„Wir sind nicht das, was das Schicksal aus uns macht, mein Junge. Wir sind selbst das Schicksal, das unser Willen und unser Glauben formt. Bevor ich mich aus dem Staub der Geschichte mache", Viktor grinste über sein Bonmot, „musst du etwas wissen. Ich, wir … haben dir etwas verschwiegen, Adam. Aus Egoismus. Weil wir dich voll und ganz für unsere Sache brauchten und brauchen."

„Verschwiegen, Feldmarschall? Was hast du mir verschwiegen, Viktor?"

„Du hast einen Sohn, Adam."

„Einen Sohn?" Wallner schwankte. „Wo ist er? Wo ist Annmarie?"

„Sie ist tot. Kurz nach der Geburt gestorben."

„Warum hatte sie mir nichts von der Schwangerschaft gesagt?" Adam strich sich fassungslos über die Stirn.

„Sie war ein gutes Mädchen." Viktor legte seine sehnige Hand auf Adams Schulter. „Sie wusste, wie sehr du für deine Überzeugung brennst, mein Junge, und dass ihr nie glücklich würdet, wenn sie dich zurückgehalten hätte. Sie muss dich sehr geliebt haben – so wie Ruth mich geliebt hat. Der Herr möge es ihnen vergelten."

„Aber ich wäre doch …", Adam stockte verzweifelt.

„Wie denn, mein Junge? Niemand wusste damals, wo du warst. War schwer genug, dich jetzt ausfindig zu machen. Du hast die Sache zu Ende gebracht damals – sehr zu unserem Nutzen. Wir brauchten deine neuen Netzwerke und Verbindungen! Auch jetzt braucht dich die Organisation mehr denn je. Und das steht noch immer an erster Stelle, Adam." Viktors Stimme klang hart und bestimmt.
„Natürlich, Feldmarschall."
„Deine Annmarie hatte nur eine Tante, Maria Chitegas. Über welche Umwege auch immer tauchte die vor Jahren mit deinem Sohn hier auf. Das war in den Siebzigern. Ich erinnere mich nicht genau an das Jahr. Du warst irgendwo im Dschungel. Nicht erreichbar." Viktor schwieg erschöpft, bevor er mit schwacher Stimme fortfuhr.
„Maria war eine beeindruckend starke Frau, trotzdem sie von einem Schlaganfall schwer gezeichnet war. Sie konnte nur auf einen Stock gestützt mühsam gehen. Sie hatte deinen kleinen Sohn mit einem Tuch vor die Brust gebunden und sich mit ihm über 300 Meilen zu Fuß bis hierher durchgeschlagen." Wieder schwieg er und schloss für einen Moment die Augen. Als er sie wieder öffnete, waren seine Pupillen trüb.
„Adam, du hast viel für uns und auch für meine Familie getan. Dafür bin ich dir unendlich dankbar. Ich

halte dich für einen großen Strategen und aufrechten Kämpfer und war und bin der Überzeugung, dass in deinem Leben kein Platz für feste Beziehungen oder Familie ist. Deine Familie ist die ODESSA. Deine Sehnsucht gilt nicht Menschen, sondern deinen Idealen und Überzeugungen."
Wallner nickte, bemüht, die Neuigkeiten beherrscht zu verdauen.
„Wir, nein: ich hielt es damals für das Beste, den Kleinen in gute Hände zu geben. Wir haben eine wirklich nette und liebevolle Familie für deinen Sohn gefunden, und wie ich erfahren habe, hat er zwischenzeitlich ein kleines Brüderlein bekommen."
„Wo", Adam räusperte sich, seine Stimme klang klar. „Wo ist er? Wo ist mein Sohn?"
„Er ist in der Heimat. In Deutschland. Er lebt in München. Sein Name ist Peter, Peter Kramer. Und natürlich haben wir ein Auge auf ihn. Er wird seinen Weg gehen, sei dir sicher. Es ist selbstverständlich deine Entscheidung, ob du ihn zu dir holst – er ist dein Sohn. Aber, Adam: überlege dir gut, ob du der Vaterrolle auch gerecht werden kannst. Vater sein heißt da zu sein, heißt, einen Menschen in seinem Reifeprozess zu begleiten, ihm Leitplanken zu geben, nicht ihn zu meißeln und in eine Form zu pressen ... wie wir es mit euch getan haben", ergänzte Viktor nachdenklich.

Der alte Mann war erschöpft. Schweiß stand auf seiner Stirn. Der Arzt reichte ihm eine Tasse Tee. Als er ihm über den vorhandenen Zugang eine Infusion legen wollte, winkte Mattisek jedoch energisch ab. Stattdessen befahl er Paul, Erich und den Notar zu sich. Dr. Lehmann erhob sich aus dem Sessel, der neben der Eingangstür stand, griff nach seiner Ledermappe und begab sich mit Kamerlander und Schrader ans Krankenbett.
„Die Führung hat beschlossen, das Schicksal der Inneren O in eure Hände zu geben – und in die meines Sohnes Theo. Männer! Ihr wisst, welchem geheimen Auftrag wir uns verschworen haben. Alles Weitere findet Ihr in euren Marschbefehlen."
Lehmann händigte ihnen je einen braunen, gefütterten Umschlag aus. Auf den roten Siegeln waren SS-Runen zu erkennen.
„Mit weiteren Details der Operation Genesis ist Theo vertraut. Er ist auf dem Weg hierher. Ihr müsst die erforderliche Strategie ständig der jeweiligen politischen Situation anpassen und die möglichen Szenarien perfektionieren. Ihr solltet euch bald zu einem ersten Treffen verabreden. Die gesamte innere Führung wird unmittelbar nach meinem Tod in Kenntnis gesetzt. Lehmann erledigt das."
Der Notar nickte.

„Und nun ein Letztes. Adam. Du bist zu meinem Nachfolger bestimmt." Lehmann griff in seine Aktentasche und händigte dem überraschten Wallner einen vergoldeten Marschallstab aus Elfenbein aus, der nicht nur Symbol der Herrschaft, sondern auch Aufbewahrungsort geheimer Aufzeichnungen war, die die Welt in ihren Grundfesten erschüttern konnten. *„Adam Wallner, im Namen der ODESSA ernenne ich Sie mit dem Tag meines Ablebens zum Generalfeldmarschall."* Viktor Mattisek nahm mit langsamen Bewegungen den goldenen Ring ab und steckte ihn an den Mittelfinger des neuen Führers. Der rote Rubin glänzte auf.
„Ring und Stab sind dein Schicksal. Unser Schicksal. Deine und unsere Macht, untrennbar verbunden. Hüte sie, nutze sie und bewahre sie für unsere Sache. Schwöre es mir bei deiner Ehre."
„Ich schwöre", hörte sich Adam Wallner sagen, während Erich und Paul ihm ihre Hände auf die Schultern legten. Adam schien es, als würden sie eine Last auf ihn legen, die ihn vom ersten Moment an zu Boden drückte.
Adam beugte sich zu Viktor und küsste ihn auf die Wange.
„Der Stab wird dich führen und leiten. Studiere deinen Marschbefehl", flüsterte ihm Viktor ins Ohr,

bevor er sich zurück in die Kissen fallen ließ und entkräftet die Augen schloss.
Drei Tage später wurde Viktor Mattisek neben seiner Frau Ruth beerdigt. Die Trauerfeier wurde über den organisationseigenen Satelliten verschlüsselt in alle Welt ausgestrahlt. Über eine viertel Million fanatischer Anhänger nahmen teil. Es waren ausschließlich die höheren Dienstgrade zugelassen. Den Nachrichtendiensten der Welt hätte der Atem gestockt ... hätte. Aber auch dort sorgten loyale Anhänger der Bewegung bereits dafür, dass das „alles sehende Auge" bei diesem Ereignis blind war.

ABSCHIED IST IMMER AUCH ANFANG

„Auf Erich." Sie prostetem dem Glas zu, das verwaist am Tisch stand. Erich Kamerlander, der vierte Fahnenträger, war vor drei Jahren verstorben. Als hochrangiger Offizier der Organisation hatte er sich um Amerika und England gekümmert. Die Saat, die er dort gelegt hatte, ging langsam auf. Ein Nachfolger war noch nicht bestimmt.

„Schon erstaunlich, dass die Nachrichtendienste unsere Existenz noch immer leugnen ... und nie

Verdacht geschöpft wurde, dass es innerhalb der ODESSA noch eine weitere Organisation gibt", sinnierte Wallner.

„Wie soll es ein Innen geben können, wo man doch schon genug damit zu tun hat, das Außen als Absurdum abzutun?", grinste Schrader. „Sogar dieser Forsyth, ein schlauer Kopf, lag mit seiner ‚Akte Odessa' genial daneben."

Die beiden anderen nickten.

„Wie nach dem Krieg. Die Existenz einer ab 1946 funktionierenden, durchorganisierten und einsatzbereiten Schattenarmee mit über 50.000 Mann leugnete Adenauer sehenden Auges", bemerkte Theo.

„Cui bono."

Die Männer nahmen ihre Plätze wieder ein.

„Du kannst stolz auf deinen Enkel sein, Paul. Er hat wirklich saubere Arbeit geleistet. Theos Plan war aber auch genial. Noch weniger spektakulär und unauffälliger für uns hätten wir die Säuberung von diesen geldgierigen Mistkreaturen nicht hinbekommen. Denen lag nicht das Geringste an unseren eigentlichen Zielen", bemerkte Wallner.

„Billige Kriminelle, denen es nur ums Geschäft geht", versetzte Paul Schrader grimmig. „Bloß gut, dass es unter den Jüngeren auch noch andere gibt."

„Ja, Jakob kommt ganz nach seinem Vater", stellte Theo fest. „Schade, dass uns dein Junge so früh verlassen musste, Paul. Aber Jakob, dein Enkel, hat das Zeug dazu, der Sache in einer Führungsposition zu dienen. Und außerdem scheint zumindest die vage Möglichkeit zu bestehen, dass er noch ein echtes Familienmitglied wird", grinste Theo. „Schlappe zehn Jahre Altersunterschied sind ja heute längst kein Thema mehr. Frauen lieben ja angeblich Erfahrung und Reife."

„Da hast du nicht ganz unrecht, mein Freund. Schade, dass Jakobs Eltern nie geheiratet haben", sinnierte Schrader.

„Sein Glück, Paul! Jakob Schrader klingt gar nicht schön. Im Falle einer tatsächlichen Verbandelung unserer Enkel ist mir da Pauline Brenner schon lieber!" Theo prostete seinem Freund zu.

„Dass unser Freund Cazzano bei der ganzen Sache dazwischengefunkt hat, war nicht geplant", resümierte Adam. „Es hatte aber auch sein Gutes. Immerhin sind wir so einen unbedachten Fanatiker und damit ein Sicherheitsrisiko losgeworden. Auch für die Beziehung zu unseren italienischen Freunden war und ist das nicht wirklich schädlich.

Und glaubhafter war es auch. Immer besser, wenn der Zufall Regie führt, auch wenn ich es hasse, nicht alles unter Kontrolle zu haben."

Theo nickte versonnen. Er rieb seine Schulter. Hans war Zeit seines Lebens sein dunkler Schatten gewesen. Aber eben doch auch Teil seiner eigenen Geschichte.

Adam nahm einen Schluck Wein. „Einen letzten Gefallen bitte noch, Theo, ehe wir uns endgültig verabschieden. Wir fliegen morgen zurück nach Argentinien, um unsere Nachfolge zu regeln. Versprich mir, dass du dich um Pauls Enkel und meinen Sohn kümmerst, ja? Peter darf nie erfahren, wer sein leiblicher Vater ist, bei deiner Ehre. Sei ihm du der Vater, der ich nie sein konnte. Bitte."

Theo ergriff die Hand, die ihm gereicht wurde. Sie wirkte leblos. An der schlaffen Haut des Mittelfingers hing kraftlos ein roter Rubinring. Er glänzte stumpf.

„Zu Befehl, Generalfeldmarschall." Theo würde seiner abschließenden Aufgabe alle Kraft widmen, die er aufbringen konnte. Bald durfte er mit Pauline nach Malcesine aufbrechen und den letzten Teil seiner Lebensreise antreten. Eine Gesichtsoperation und eine neue Identität … ob sie nötig würden? Er musste es auf sich zukommen lassen. Jedenfalls würde er endlich frei sein.

Die drei wussten: Sie waren Fossilien, Überbleibsel, bald Teil der Geschichte und einer nie wahr gewordenen Wiedergeburt. Von Bord gegangen, besinnungslos ans Ufer gespült, an den Strand vermessener Träume.

EPILOG

„Welche gottverdammte Scheiße glaubt ihr Nachrichtenfuzzis eigentlich, uns auftischen zu können?" Polizeihauptkommissar Laubmeier drosch mit der Faust auf den Tisch, nachdem er den dünnen Originalbericht des MAD mit dem Kennzeichen „Streng geheime Verschlusssache" überflogen hatte.

Seine Kollegin Weigert stand mit verschränkten Armen am Fenster ihres Büros. Die Wut stand ihr im Gesicht.

„Ich weiß nicht, was Sie wollen." Jakob Brenner zuckte unschuldig mit den Schultern. „Für Sie ist die Sache doch damit erledigt, abgeschlossen, habe ich mich verständlich ausgedrückt? Keine Leiche, keine Ermittlungen, capito?" Er deutete auf die Akte mit der abschließenden Verfügung der Generalbundesanwaltschaft. Dann erhob er sich von der Schreibtischplatte, auf die er sich lässig gefläzt hatte, und tippte sich grüßend an die Stirn.

„Ach, leck mich doch am Arsch! Raus hier!", explodierte Mike Laubmeier.

„A piu presto", verabschiedete sich Brenner grinsend. Er hatte ein dringendes Date – zum Segeln.

DANKSAGUNG

Natürlich sind Inhalt, Figuren und Plot dieser Geschichte frei erfunden. Sie ist auch weit davon entfernt, Gräuel und Protagonisten der Nazizeit zu exkulpieren oder gar zu glorifizieren. Fakt bleibt, dass es zwischen Schwarz und Weiß viele Nuancen gibt, ebenso wie graduelle Unterschiede von Gut und Böse existieren.

Ob die ODESSA tatsächlich nur ein Mythos ist, wird sich wohl erst in ferner Zukunft zeigen, wenn die Akten der Geheimdienste uns einen Blick hinter die Kulissen der großen internationalen Politik erlauben. Einer Politik, die um der Macht Willen zu vielem fähig war – und ist.

Ein herzlicher Dank meinen Freunden, die mir geholfen haben, mein Werk umzusetzen.

Danke, lieber Mike Schindler, für die fleißige Korrektur des Rohskriptums und die vielen nützlichen Tipps. Vielen Dank meinem guten Freund Peter Hübl für den Feinschliff. Danke, Dr. Tobias Hammerl, für wichtige Hinweise und Anregungen. Herzliches Vergeltsgott auch meinen Freunden Peter Wutzer, Kathi Kegelmeier, Hans Huber, Michael Lauk und Dr. Anette Wehnert für die kritische Begleitung.

Besondere Anerkennung und ein dickes Danke meiner Lektorin (Steinchen) Regina Stein, die wieder einmal Ordnung und Richtung in meine arg verschachtelten Gedanken gebracht hat. Diese Kriminovelle ist auch ihr Werk!

Last but not least: einen dicken Kuss meiner Frau Marika. Danke für dein Verständnis, wenn ich wieder einmal für Stunden in die Welt meiner Geschichte abgetaucht bin.

Uwe Brandl, im August 2020

ABKÜRZUNGSVERZEICHNIS

BND Bundesnachrichtendienst – Geheimdienst der Bundesrepublik

Gestapo Geheime Staatspolizei

MAD Militärischer Abschirmdienst – Geheimdienst der deutschen Streitkräfte

Mossad Geheimdienst des Staates Israel

NVA Nationale Volksarmee

ODESSA Organisation deutscher ehemaliger SS-Angehöriger

OKW Oberkommando der Wehrmacht

SS Schutzstaffel – gefürchtete militärische Truppe des Dritten Reichs

UWE BRANDL

* 27.10.1959

1982 bis 1987 Studium der Rechtswissenschaften an der
Universität Regensburg

1990 Promotion zum Dr. jur.
Anschließend Tätigkeit als Anwalt

1993 bis heute 1. Bürgermeister
der Stadt Abensberg

2002 bis heute Präsident des Bayerischen
Gemeindetages

LITERARISCHE VERÖFFENTLICHUNGEN

Diverse Fachpublikationen
zu kommunalen Themen

Schwarz und Weiß
Gedichtband (Eigenverlag) 2001

Nikolo bum bum
Kastner Verlag 2014

Pack die Badehose ein
Kastner Verlag 2015

Erzähl doch keine Märchen
Kastner Verlag 2016

Die kleine Mäusegemeinde
Kommunal- und Schul-Verlag 2017, 2019